論創海外ミステリ
320

ソングライターの秘密

フランク・グルーバー

三浦玲子［訳］

論創社

Swing Low, Swing Dead
1964
by Frank Gruber

目　次

ソングライターの秘密　5

訳者あとがき　226

主要登場人物

ジョニー・フレッチャー……書籍セールスマン
サム・クラッグ……ジョニーの相棒
ピーボディ……〈四十五丁目ホテル〉の支配人
エディー・ミラー……〈四十五丁目ホテル〉のボーイ長
ウィリアム（ウィリー）・ウォラー……ソングライター
ジョゼフ・ウォラー（ウォラー・シニア）……ウィリーの父親
ドナ・ドワイヤー……クラブ歌手。ウィリーの恋人
キャシディ……バーのピアニスト
ヴォーン・ヴァン・デア・ハイデ……自称画家
アル・ドネリー……ソングライター業界の大物
ターク……殺人課の警部補
コンスタンティン・パレオロゴス……投資家
モーリス（モーリー）・ハミルトン……ギャンブルの胴元
ニック・コンドル……顎に傷のある自称化学者
ベン・マードック……マードック社の社長
エセル・ヘンダーソン……ベンの秘書

ソングライターの秘密

第一章

嵐の前とは、こんなものかもしれない。

ジョニー・フレッチャーはベッドの上で大の字になって、朝刊の個人消息欄を読んでいた。サム・クラッグは浴室で洗濯をしている。

そこへ電話が鳴った。ジョニーにはピーボディからではないことがわかっていた。ピーボディとは〈四十五丁目ホテル〉の支配人だ。ジョニーはごろりと寝返りをうつと、受話器をとった。

「聞きましたか、ミスター・フレッチャー?」ボーイ長のエディー・ミラーの声だ。「ラジオで――」

「ラジオがなんだって?」ジョニーは訊き返した。「ラジオといえば、おれたちは〝ベンおじさんの仲良しローン〟しか聞かないが」

「あなたの賭けた馬ですよ」エディー・ミラーは、息せき切って言った。「勝ったんですよ!」

ジョニーは二度、目をぱちくりした。「パープル・フェザントがか?」

「鼻の差で!」

ジョニーは息をのんだ。「ど、どれぐらい儲かった?」

エディー・ミラーが金額を言うと、ジョニーは受話器を置いた。

サムが水がしたたる靴下を持って、浴室から出てきた。「また、悪い知らせか?」

「いいか、気を確かにもてよ、サミー。パープル・フェザントがやったぞ……二百三十二ドル四十セントも稼いでくれた……」

サムが窓ガラスがビリビリ音をたてるほどの雄叫びをあげた。回れ右して、濡れたソックスを浴室に放り込むと、ズボンで手を拭いた。

「なにをぐずぐずしてるんだよ？　早いとこあがりを回収しに行こうぜ」

廊下へ出たジョニーは、エレベーターが来るのが待ちきれないように、真珠色のボタンを親指で押しっぱなしにしていた。エレベーター係も、すでにこのニュースを聞いていたようだ。

「おめでとうございます！」彼は声をかけた。

「パーティをやるぞ。君も来いよ」ジョニーが言った。

ジョニーたちは一階でエレベーターを飛び降りた。その姿を見つけたエディー・ミラーが近寄ってきた。

「胴元モーリーにはどこに行ったら会える？」ジョニーが大声で訊いた。

エディー・ミラーはビクッとすると、肩越しにあたりを見回した。「お願いです、ミスター・フレッチャー。モーリス・ハミルトンさまは、ビジネスコンサルタントであって、胴元などでは……」

「なんだっていいさ。奴はどこにいる？」

エディーは言いにくそうにぶつぶつと小声で返事した。「一六〇〇号室です。ノック二回、三つ数えて、ノック三回」

「なんだよぉ、このホテルにいるのか。ピーボディのお膝元じゃないか」ジョニーは構わずに大声を出した。

エディーは大げさに肩をすくめた。ジョニーとサムは、風のようにエレベーターへ戻った。「聞きましたよ」エレベーター係が話しかけてきた。早々にエレベーターを上昇させ、十六階が近づくと咳払いした。「さあ、どうぞ。ミスター・フレッチャー、お気をつけて」

一六〇〇号室は廊下の一番はずれにあった。ジョニーが二回ノックし、三つ数えて、三回ノックすると、ドアの向こうから声が聞こえてきた。

「昔の密造酒時代みたいだな」サムが言った。

ドアがわずかに開き、うさんくさそうな目がジョニーを睨んだ。

「エディー・ミラーに言われて来た」ジョニーが言った。

ドアが大きく開いた。一六〇〇号室は、スイートになっていた。まずは寝室に通され、浴室を抜けて居間へ入った。部屋の真ん中には、こじんまりしたポータブルのクラップステーブル（ポーカー用テーブル）があり、六人ほどのプレイヤーがそのまわりを取り囲んでいた。

胴元モーリーがサイコロを握っている。「おやおや、フレッチャー。ラジオで聞いたぞ。ちょっと待っててくれ。十四ドルから始めますよ」

テーブルの上に金が舞い始めた。

胴元モーリーは金をかき集めると言った。「おれが振るぞ。次の人、どうぞ」

何回かサイコロを振った後、モーリーは金を数えながらテーブルを離れた。「二十、二十五、三十」そして、ジョニーに向かって札を突き出した。「ほらよ、あんたの取り分だ」

「なんだ、こりゃ?」ジョニーは訊いた。「パープル・フェザントは二百三十二のはずだろう」

「そのとおり」モーリーは、ぴしゃりと言った。「だが、あんたは賭けるとき、インシュアランス

（胴元に事前に保険を払い、当たると配当が倍になって戻る制度）を払わなかっただろう。払ってりゃ、部率は三十ぽっちどころじゃなくて、その倍になったのにな」

ジョニーの背中を冷たいものが走った。「ちょっと待ってくれ――いったいなんのでたらめだ？　パープル・フェザントは二百三十二ドル勝ったんだぞ」

「競馬場では確かに勝ったさ。だが、おれが払うのは最大で三十だ。あんたがインシュアランスを払ってりゃ、六十にはなった」モーリーは肩をすくめた。「ずっと馬に賭けてきたんだろう。だったらルールぐらい知ってるはずだぜ」

「二百三十二ドルなんて、当てたことないんだぞ。おい、サム――！」ジョニーは叫んだ。

モーリーは、上着の左の襟の折り返しに触れた。「いいか、フレッチャー、おれがここになにを持ってると思う？　ハムサンドか？　変なマネしようとしたら、結局は病院行きになるだけだぜ」モーリーはジョニーを睨みつけた。「あるいは、もっと悲惨なことになるかもな。たとえハジキを持ってなくてもな。フレッチャー、まさか、おれがコネなしでこの商売をやってるとは思わんだろう」

ジョニーは息をのんだ。テーブルのほうを見ると、プレイヤーたちはこちらにはまったく無関心で、サムまでもがゲームに没頭していた。

サムは片手でサイコロをいじくり回して、もう片方の手で五十セント硬貨をテーブルに投げつけた。

「その一部か全部でどうだ」

「喜劇かよ」プレイヤーのひとりが言った。

モーリーがジョニーの脇をすり抜けてテーブルのほうへやってきた。「一ドル未満はお断りだぞ」

ジョニーも近づいて言った。「彼は五ドル賭けるぞ」そして、五ドル札をテーブルに投げつけた。

顎鬚を生やした角刈りずんぐり男が、五ドル札を投げた。「振れよ！」

サムがサイコロを振った。「七だ！」そして二枚の五ドル札に手を伸ばした。

「今度は十ドルだ」ジョニーが言った。

十ドル札が一枚、テーブルに投げられた。サムはサイコロをすくい上げると、振って投げた。ひとつは一、もうひとつは勢いよく回転して六で止まった。

サムと張り合った相手の男がうめき声をもらした。「すっからかんだ」

「きついな」隣の男が同情して言った。

「そら、二十でいくぞ」サムが調子に乗って言った。

ひとりの男が十ドル札を投げたが、自分の状況を嘆いていた男が乗り出して来て、その金を脇に押しのけた。「ぼくにもチャンスをくれよ、ほら、これで」そして胸ポケットから折りたたんだ紙切れを取り出すと、テーブルに投げつけた。「これを賭ける」

モーリーが、割って入って怒鳴った。「いったい、なにをするつもりだ？　ここで賭けられるのは金だけだぞ」

「それはぼくの新曲なんだ」負けが込んでいるその男が言った。「ぼくは、ウィリー・ウォラー。名前が売れてる。その曲は五十万ドルになるぞ」

「五十万ドルだって？」ジョニー・フレッチャーが訊き返した。

「レコードだよ。そこまで売れるかはわからないけどね」ウィリー・ウォラーが、サムに訴えた。「ねえ、あんた、どうかな？　この曲の売り上げの十パーセントで、あんたの二十ドルと張り合うっていうのは……」

「だめだ、だめだ。それじゃ、ゲームが成り立たん」モーリーが叫んだ。「ほら」そして二十ドル札をテーブルの上に投げ出した。「まったくもう、いまいましい文無しめ！」

サムがサイコロを振ると、五と六が出た。

「これで三回目の振りだ」ソングライターのウィリー・ウォラーがつぶやいた。「四回はできないぞ。チャンスをくれよ。四十ドルに対して、この曲の権利の五十パーセントで……」

「あんたにはもう金はないんだぞ、カモめ」モーリーが怒鳴った。「あきらめて出て行くんだな」

サムが、ふいに紙きれを取り上げた。「《アップル・タフィー》か。ふむ……気に入ったぞ」

「四十ドルに対して、この曲の権利の五十パーセントで……」ウォラーが叫んだ。

サムはためらっていた。そこでジョニーが助け舟を出した。「もういいかげんにしろ、サム。三十五ドルまけてやって、五ドルで賭けろよ」

サムが言った。「いちかばちかでやってみるぜ」そしていつになく、なかなかの知恵を働かせた。

「だが、曲の権利の五十パーセントじゃなくて、その曲の権利全部だ」

ジョニーがテーブルの向こうへ回って、サムの手から紙きれを取り上げてちらりと見た。「《アップル・タフィー》だって。どうかしてるぜ、サム？」

「振れよ！」ソングライターが必死になって言った。

ジョニーがサムの腕をつかんで止めようとしたが、一瞬遅かった。サイコロがテーブルの上を転がって止まった。四と三！

「あんたの勝ちだな」モーリーが言った。

ウィリー・ウォラーは紙切れを取り上げると、安ボールペンで一番上に一筆書いた。「法的に有効にするためだ〝貴重な対価として、私は、この曲《アップル・タフィー》のすべての権利を売却・放棄し、これを――〟」ウォラーが顔を上げた。「あんたの名前は？」

「サム・クラッグ」

「〝サム・クラッグ氏に譲る。署名ウィリアム・ウォラー〟」ウォラーは深いため息をついた。「これで、この曲はあんたのものだ。なあ、友よ。ひとつ頼みがあるんだ――ロールスロイスを買ったら、ぼくに触らせてくれよ」

「おい、おい」モーリーが割り込んだ。「あんたら、ゲームを止めてるんだぞ。いったいなんのためにクラップスをやってるんだ？　幸運を当てにしてか？」

サムが顔をしかめた。「なにも。これ以上の運はないと思ってるぜ」そしてテーブルの上の四十ドルをかき集めた。

モーリーは、自分の額を手でぴしゃりと打った。「四回振って、やめるのか？」

「彼はいつでも好きなときにやめられる」ジョニーがぼそりと言った。「さあ、サム。ちょいと、先に行っててくれ。すぐに合流する」

サムは金をしまった。「まさか……やるつもりなのか」

「バカ言うなよ。こんなのただのままごとだ。おまえは先に帰れ……」

ジョニーが八二一号室に戻ってきたとき、サムは最後の洗濯物を干していた。陽気に口笛を吹いていたが、浴室を出るとうさんくさそうにジョニーを見た。

「ゲームに参加したのか」

ジョニーはその質問には答えずに、逆に問い返した。「例の曲はどこにある？」

サムは手前のツインベッドを指さした。「おれが帰った後でゲームに参加したのかって、訊いてるんだよ」

ジョニーは手書きの曲を取り上げた。「『アップル・タフィー、大好きなアップル・タフィー、アップル・タフィー、甘くてとろける、アップル・タフィー』」

「ちっ、このやろう」サムが苦々しく言った。「馬で儲けた金をおじゃんにしやがって」

「いい日だったじゃないか、サム」ジョニーは急に朗らかになった。「ふたりで四十ドルと、オリジナル曲の楽譜がひとつ儲かったんだ」

「だけど、家賃はどうすんだよ？」

ジョニーは肩をすくめた。「あと一週間だけなんとかすりゃいいんだよ。それ以降は、ピーボディはガミガミ言わなくなるだろう」

「現ナマがあればご機嫌になれるんだがな」

「わかったよ。今はまだ三時だ。モート・マリのところへ行って、ツケで本を何冊か仕入れて、客に売りつける時間はたっぷりある。百ドルもありゃ、問題ないだろう？」

「そのとおりだな、ジョニー！」サムが叫んだ。「多少は腹を減らせば、うまい飯が食えるし、今夜のショーを観ることができる」

サムは商売道具が入ったダンボールを歩道に置いて口を開け、コートを脱いでその上に投げ捨てた。それから丁寧にシャツを脱ぐとコートの上に置く。

サムの上半身は堂々たるものだった。腹にも、胸にも、腕にも、贅肉などこれっぽっちもついていない。二頭筋は大理石のようにカチカチに固く、胸板も厚い。その体に鎖を巻きつけて大きく胸を膨らますと、息を吐いた。肺から空気を吐き出しながら、胸に鎖を八の字にくくりつける。

　数人の通行人が足を止めてその光景を見つめていた。ジョニーが両腕を振り上げた。

「さあさ、近づいてよぉく見てってておくれよ、お客さん」ジョニーは大声でとっておきの口上を繰り出した。痩せた男にしてはとてつもなく大きな声だ。「あなた方は、今まさに最高の気力体力デモンストレーションを目撃しようとしているのだから。これを見るのは特権と言ってもいいくらいだよ。「こんなに男らしい男は、この若きサムソン以外にはいない。世界一強い男だ。もうすぐ、彼が胸に巻いた鎖を自力で引きちぎるのを見ることができる。できっこないって？　もちろん、こんなこと誰にもできっこないさ。馬だって――ペルシュロンの荷馬（フランス北部の強い馬）だって、自力で鎖を引きちぎるなんて、無理ってもんよ。

「さあ、彼をよく見て、皆さん。あの見事な体を。このとんでもない巨体男が、かつて体重たった九十五ポンド（四十三キロ）のひ弱なカトンボだったと言ったら、信じられるかな？　しかも体が弱く、喘息もちで、風邪や頭痛、脳動脈炎にしょっちゅう悩まされていた。紳士ならびに淑女諸君、三年前に彼と出会ったときはそんな具合だったんだ。それがどうだ？　たった三年で、そう、たった三年だよ。今ご覧のような、二二〇ポンド（九十九キロ）の筋骨隆々の鋼のような体になったってわけだ。

「どうして、こんな奇跡が起こったかって？　そりゃ、誰だって思うだろう。それじゃあ、教えてしんぜよう。やせっぽちで病もちのこの男は、失うものはなにもなかった。あとは得るのみだ。彼はわたしにすべてを委ねた。そして、わたしが彼に、アズタパチェ・インディアンからわたしの祖父に伝えられた秘儀を授けたのだ。アズタパチェ・インディアンが、どれほどすばらしい肉体の持ち主か、これでよくおわかりいただけるだろう。わたしの祖父が、偉大な酋長であるコ・コ・ウン・パチェ・マ・ジャの命を救い、喜んだ酋長は祖父と部族としての真の兄弟の契りを交わした。そして、地上最強の身体能力を誇る、アズタパチェ・インディアンに代々伝わる秘儀を明かしてくれた。祖父はわたしにその秘儀を伝え、今度はわたしがそれを使って、今目の前にいるこの男を鍛え上げた、というわけだ。若いサムスンよ、世界最強の男よ、この男が今この瞬間に、ユニバーサル製鉄所の熟練職人たちが鍛え上げた、あのとてつもない太さの鋼鉄を引きちぎろうとしている……」

サムが口の端でつぶやいた。「いいから早くしろよ、ジョニー。おまわりが来るぞ……」

「用意はいいか、若きサムスン?」ジョニーが怒鳴った。

サムは身を屈めて姿勢を低くすると、肺にたまっていた空気をすべて吐き出した。そしてゆっくりと身を起こし、新鮮な空気を口いっぱいに吸い込みながら立ち上がった。巻かれた鎖がはち切れんばかりの胸の筋肉に食い込んでいたが、それでもサムは、胸を膨らませ続けた。

そしてついに、鎖が千切れた! 背中の鎖のつなぎ目がはじけ飛び、サムは鎖から自由になった。

ジョニーが勝利と歓喜の雄叫びをあげた。「やった。彼がやってのけた、皆さん! 馬ですら引きちぎることができない鎖を、彼がものすごい筋肉と意思の力だけで引きちぎった。そこでだ、皆さん。ここにちっぽけな本がある。三年前は、弱々しいひよっこだったこの男が、どうやって今目の前にいるようなものすごいサムスンに変身したのか、その秘訣、アズタパチェ・インディアンの秘儀がこの本にすべて書いてある。この驚くべき、すばらしい本がどうしたら手に入るかって? 二十ドルか? それとも十ドル? いやいや、とんでもない。五ドルもしない。たったの二ドルと九十セントだ。さあさあ、おひとりさま一冊限りだよ……」

ジョニーはダンボール箱から両手で本をすくいあげると、サムの筋肉デモンストレーションを見に集まってきた人たちに押しつけた。

「さあ、男友だちに一冊どうです、そちらのご婦人。これで彼氏は若きサムスンのようにムキムキ。ありがとう。釣りはないよ。十セントは売り上げ税分だからね。そこの旦那、太鼓腹をひっこめて筋肉をつけないといけないねえ……まいどどうも……そこの」

そのとき、交通の喧騒の中、警察の警笛が聞こえてきた。

「やべえ！」サムが叫んだ。

サムはコートとシャツを拾いあげた。「ジョニー、おまわりだ……」

ジョニーが肩越しに視線を向けると、青い制服を着た警官たちがこちらに向かってくるのが見えた。最後の一冊をひとりの女性に押しつけて、三ドルを受け取ると、すでに十四丁目を逃げていくサムの後を慌てて追った。

一ブロックほど離れたところで、ふたりは足を止め、サムはシャツとコートを着た。一方、ジョニーは稼いだ金を数えていた。

「二十一、二十二、二十三……ちっ、サツが来るのがあと三十秒遅かったら、あと十ドルは稼げたのになあ」

「だけど、本を置いてきちまったぞ、ジョニー」サムが言った。「三十五、いや、三十七冊あった」

「モート・マリが、しこたまゲットしてくれるさ、サム」ジョニーは明るく言った。「明日、彼に十ドル渡して、またひと箱かふた箱、もらって来よう」

「キンキンに冷えた美味いビールを一杯飲みてえな」サムが言った。

「おれもだ」とジョニー。「実際、一杯と言わず二杯でも構わないけどな。ふむ、タイムズスクエアに着くまで我慢しろ。〈ソーダスト・トレイル（更生の道の意）〉のビールがいいな」

第二章

〈ソーダスト・トレイル〉は薄汚いちっぽけなバーで、最近、余興をやるようになった。リウマチ持ちのピアノ弾きがちっぽけなピアノを演奏するのを出しものと言えるならの話だが。そこは〈四十五丁目ホテル〉からすぐのところにあり、生ビールがわずか二十五セントで飲める。

ジョニーとサムは店の中に入るとバーに向かった。「最高級バランタインビールをふたつ」ジョニーがバーテンダーに言った。

「おい！」そのとき、サムが叫んだ。「見ろよ……！」

髭面角刈りのソングライター、あのウィリー・ウォラーがバーの真ん中あたりにいたのだ。自分の曲を失ってから今まで、かなり飲んだくれていたのは明らかだった。

それほど離れていなかったので、ウィリーはジョニーとサムに気づいて、こちらに近づいて来た。

「おやおや、百万ドルの財産をゲットした旦那だね。たったの四十ドルぽっちで」

「ああ、あんたか？」ジョニーが言い返した。「あんたの前作はいくらになったんだ？」

「まあ、それはそれとして」ソングライターが言った。「《アップル・タフィー》は、ぼくが作った最高傑作なんだ。サウンド良し、ビート良し、歌詞もいい。そう、歌詞が最高なんだ」

「あれがか？」ジョニーが吐き捨てるように言った。「あんたたちが歌詞と呼んでるあれか？『大好きなアップル・タフィー、アップル・タフィー、甘くてとろける、ベタベタアップル・タフィー』なんて、六歳児のほうがよっぽどもっとましな歌詞を書けるぞ」

「あんたの知ったことか」ウィリーが声をあげた。「あんたにそんな言われ方をされる筋合いはない。ビートなんだよ、ビートだ！　それでこそなんだ」ウィリーは、半分飲み干したウィスキーのグラスをバーカウンターに置くと、平手でマホガニーのテーブルを叩き、口ずさみ始めた。

「『大好きなアップル・タフィー、アップル・タフィー。甘くてとろけるアップル・タフィー♪』」

数十メートル離れたところで、リウマチ持ちのピアニストが、小型のピアノをたたき始めた。やたらと大きな音をたてるので、ウィリーは歌うのをやめて自分の世界から我に返り、ピアノを酷使している演奏者に向かって震える手を突き出した。

「あれを聴いてよ」ウィリーが叫んだ。「ああいうのは音楽とは言わないだろう？」

「少なくとも、彼は扁桃腺を鍛えているわけじゃないな」ジョニーはピアノの騒音に負けじと大声を張り上げた。

「ロバート・E・リー将軍と共に去りぬといった代物だ」ウィリーが叫ぶ。「時代遅れなんだよ。《アップル・タフィー》は現代の歌だ。ビートがある。本物のビートが。ジャズ奏者《キャット》たちだって、試してみるようになるさ」

「確かにな」とジョニー。「近所の猫《キャット》どもが、一斉に鳴き叫び始めるだろう」

ウィリーがジョニーをものすごい形相で睨みつけた。「あんたは、哀れな野暮天だな。キャットの言葉の意味すら知らないなんて」そして、深いため息をつくと、胸ポケットに手を伸ばして、折りたたんだ楽譜を取り出した。「実演してみせてやるよ。おっさん……」

「おい」サムが叫んだ。「それはおれの曲だぞ」そしてジョニーの前に出て、楽譜に手を伸ばした。

ウィリーはサムの手をかわした。「これはただのコピーだよ。あんたが持っているほうが正式なものだ……」そして、自分のウィスキーグラスを取り上げると、ピアノのほうへ歩き出した。

ウィリーは千鳥足で右に左に大きく蛇行しながら、やっとのことでピアノまでたどり着いた。そして、ピアニストに向かって楽譜を突きつけた。

「その曲をやってみてくれよ、キャット。さあ、弾いてみて、キャット！」

ピアニストは曲に目を通してメロディを少しハミングすると、楽譜を目の前に立てた。「行くぞ、キャット！」

ピアニストがピアノをたたき始めた。ウィリーもそれに合わせて小さなピアノの上をたたいた。

「テンポだ、イエィ、テンポ。そうそう」

ピアニストは激しくノリノリになってきて、ウィリーも声をはりあげて歌い始めた。『大好きなアップル・タフィー。甘くてとろけるアップル・タフィー……』」ピアノの上をたたく。「テンポ、ヘイ、テンポだよ！」

ウィリーは中身が半分残っていたウィスキーグラスを取り上げて一気に飲み干すと、グラスを脇に置いた。

「もう一度、最初から、そら！」

すると、ウィリーが突然、顔を歪め、喉をかきむしり始めた。ふらふらよろめくと、この世のものとは思えないほどの叫び声をあげて、床に身を投げ出した。ピアニストは両手を低音のキーに乗せたまま、その目は床に倒れた男に釘づけになっていた。

バーにいたサムが言った。「バーボンを飲み過ぎると、たいていぶっ倒れるもんだ」

だが、ジョニーはスツールを降りると、すぐにピアノのほうへ向かい、片膝をついてウィリーの顔を覗き込んだ。

ジョニーが顔を上げた。「死んでる！」

第三章

ウィリー・ウォラーが店《ソーダスト》で倒れたのは、四時半過ぎだった。六時を十分ほど過ぎたころ、殺人課のターク警部補は、やっとジョニーとサムから話を聞くところまでこぎつけていた。その間、検死官がウィリーの遺体を調べ、あらゆる角度から写真を撮った。刑事たちが店を隅から隅へとあれこれ突つきまわして、バーテンダーをたっぷり三十分間しぼりあげ、今度は警部補がジョニーとサムを尋問しようとしていた。

「被害者は別として、あんたたちが唯一現場に居合わせた客だ」警部補は言った。

「いや」ジョニーが答えた。「殺人犯もここにいたはずだ」

「殺人犯だって？」

「ウィスキーのグラスにシアン化合物を入れた奴だよ」

「シアン化合物？」

ジョニーは顔をしかめた。「おれにだって耳はあるからね、聞こえたんだよ。医者があんたにウォラーはシアン化合物で死んだと言ってるのをね」

「なるほど」警部補が愉快そうに言った。「確かにあんたはたいした地獄耳のようだ。聞いていたというなら、誰かがわたしにこれが殺人だと言ってるのが聞こえたか？」

「ほかにどんな可能性が？」

「自殺だよ」

「自殺だって？　とんでもない！」ジョニーは吐き捨てるように言った。「あんたもここにいたなら、これが自殺じゃないことぐらいわかるはずだ。あの男の様子からいって、自殺しようなんて、これっぽっちも考えていなかったのは確かだ」

「わかった」警部補はとりあえず同意した。「これは殺人だったとしよう。そして、あんたとあんたのお友だちは現場にいた唯一の客だった」

「おい！」サムが急に警戒した。

ジョニーは慌ててサムを制し、警部補にはっきりと言った。「違うぞ。ここにいた客はおれたちだけじゃない。バーの端っこに男がいたんだ」

警部補は目を細めてジョニーを見た。そして、バーテンダーのほうに視線を移して訊いた。「本当か？」

バーテンダーは前に進み出た。「確かに、このお二方が店に入ってきたとき、男がひとりいました。でも、ウォラーが倒れる前に出ていきましたよ」

「ウォラーが自分のグラスを手に取って、ピアノのほうへ向かったときには、まだいたぞ」ジョニーがきっぱりと言った。

「待て」警部補が制した。そしてジョニーの脇を通り過ぎて、むっつりと座っているピアニストに向かって訊いた。「あんたは、ずっとドアのほうを向いていたよな」

「そうでさあ」ピアニストが答えた。「でも、なにも気がつかなかったなあ」

「よく考えて、なんとか思い出せ」警部補がぴしゃりと言った。

「ええと、バーの端に確かにひとりの男がいましたよ」ピアニストが話し始めた。その視線は警部補を通り過ぎて、あらぬ方向を見ていた。ジョニーが振り返ると、バーテンダーがなにか合図を送るのが見えた。

ジョニーはすぐにバーへ近寄ると、バーテンダーに人差し指を突きつけて責め立てた。「なにかサインを送ってただろう！」

バーテンダーは顔をしかめた。「ハエを追っ払ってただけですよ」

警部補も圧力をかけた。「わたしも見たぞ」

バーテンダーは息をのんだ。「その男は近くにはいませんでしたよ。彼らが歌っている間に店を出ていきました」

「もう一度、その足りない脳みそをフル回転させるんだな」警部補が凄みをきかせた。「あんたの知っている奴か」

「いいえ、知りません」バーテンダーは声をあげた。「一回か二回、見かけたことがあるだけですよ。でも、話をしたことはありません。お客とは互いに干渉しないんですよ」

警部補はバーからピアニストのところへ戻った。「おまえは男を見たか?」

ピアニストは一瞬、警部補を避けてバーのほうへ目を泳がせだ。でも、厳しい目に睨まれて、すぐに視線を戻した。「確か、何回かは来ている男でした。でも、マットが言っているように、その男と話したことはありません。ひたすらバーの一番端に座ってるだけで。一時間座っていても誰とも話しませんん。ただ、一度だけ……」

「うん？」

ピアニストは首を振った。「わたしは遠くにいたので聞こえませんでしたが」

警部補はバーテンダーのところへ行った。「なんの話だ？」

「先週のことですよ」バーテンダーは観念したようにしぶしぶ話し出した。「その男がビールを飲みながらむっつりとそこに座っていたとき、店に入ってきた奴が男に〝ハイ〟と声をかけたんです」

「それから、なにか言ったか？」

「それだけです。それ以上なにも言いませんでした。でも、声をかけた男はそいつのことを知っているようでした」

「声をかけた男はなにか名前を口にしなかったか？」

バーテンダーはさらに顔をしかめた。「よく覚えていませんねえ。ニックだかディックだかと言っていたような気がしますが」

「〝ハイ、ディック〟あるいは〝ハイ、ニック〟か。とにかく、少しは進展したな。もうちょっとなにか情報はないか。そのニックだかディックだかは、店の常連なのか？」

「いえ、いえ、二、三度来たことがあるだけで」バーテンダーが言った。

「一回か二回と言ったぞ」

「二、三回は来たことがあったかもしれません。わたしにはわかり……」

「なあ、警部補どの」ジョニーがふいに口をはさんだ。「さすが、お見事な捜査だと思うけど、ディナーデートの約束があってねえ。これ以上、用がないなら……」

警部補がジョニーのほうを向いた。「たぶん、また質問に答えてもらうことになると思う。名前と住所をおしえてくれ」

「ジョナサン・C・フレッチャー」ジョニーは答えた。「ダチの名前は、サム・クラッグ」

「本人に訊くさ」警部補が言った。「言わせてやれ」

「もちろんいいとも、警部補どの」サムが調子を合わせた。「彼が言ったように、おれの名前はサム・クラッグ。最後のgはひとつじゃなくてふたつだ」

「ああ、字も書けるんだな」

「読むことだってできるぜ。字も書けるし、計算だってできる」サムが言い返した。「試してみな。長い割り算だってできるぜ」

「じゃあ、やってもらおうか」警部補は言った。「あんたが住んでる通りの名を書いてくれ」

「四十五丁目」サムは即座に言った。

「この近所に住んでいるのか?」

「通りの二軒先だよ。〈四十五丁目ホテル〉だ」

警部補が疑わし気にバーテンダーを見ると、彼がうなずいた。「彼らはたまにビールを一杯飲みに来るんですよ。一杯のビールに、ピーナッツとポテトチップだけしか注文しませんけどね」

「それと、タダの余興が楽しめる」ジョニーが穏やかに言った。「歌と……それに殺人」そして警部補に向かって軽く敬礼の真似をした。「んじゃ、続きをどうぞ、警部補どの」

ふたりで店を出ると、サムがいきなり言った。「ったく、なんだって一杯のビール飲むのに、トラブルづくめなんだよ」

「大変な一日だったよな」ジョニーも認めた。「おれたちに今必要なのは、ちょっとした休息だ」

「でも、食事はどうするんだ?」サムが訊いた。「腹が減ったよ。それに、おまえが行こうって言ってた映画は?」

ジョニーは足を止めて首を振った。「もう、くたくたなんだよ。部屋にサンドウィッチを持ち帰って、靴を脱ぎ捨ててぐっすり寝るよ……」

「だけど、おれは腹が減ってるんだよぉ、ジョニー!」サムが泣きついた。「今すぐに、ムースの肉を食いたい」

「じゃあ、おまえひとりで行けよ、サム。金ならあるだろ。分厚くて美味いステーキを食え。それから映画を見ろよ。気にするな」

「構わないのか、ジョニー?」

「ぜんぜん。おれは考えなくちゃならないことがある。四十ドルじゃあ、とても一生もたないしな。そうだ、サンドウィッチのための数ドルをくれよ」

「本を売った金があるだろうが」

「万が一のときのためにとっとくんだよ。当座の金は必要だからな」

サムはポケットに手を突っ込むと、札束を取り出した。そしてためらいがちにジョニーを睨んだ。

「五ドルでいいか?」

ジョニーは悲しそうに笑った。「いくらでもいいさ、サム。おまえの金だ」

サムは二十ドル札をジョニーに渡した。「半分はおまえのものだ。最後まで、いつだって半々ずつだよ」

「じゃあな、楽しんでこい、サム」ふたりは別れた。

サムはしばらく、眉をひそめて立ちすくんでいた。それから、通りの向こう側のレストランのネオンに目をやると、目を輝かせて車の行き交う通りを渡っていった。

ジョニーは、〈四十五丁目ホテル〉のロビーに入った。エレベーターに向かっていると、ボーイ長のエディー・ミラーがドラッグストアに入っていくのが見えた。

ジョニーはその後をついていって、エディーが飲料の販売機のあたりで腰を下したところで、店に入った。エディーはジョニーの姿を見つけると会釈した。

「大変でしたねえ」エディーが言った。

「なにが?」

エディーはあたりをさっと見回した。「モーリー・ハミルトンに会ったら、あなたがパープル・フェザントで儲けた金を全部ふいにしたと言ってましたよ」

「数ドル損しただけさ」ジョニーは負け惜しみを言った。「奴はサムのことはなんか言っていたか?」

エディーはにやにや笑いを隠そうとしていた。「そうそう、ミスター・クラッグが四階にいるビート族から曲の楽譜を勝ち取ったとかなんとか言ってましたね」

「ウィリー・ウォラーはここに住んでいた、いや、いるのか?」

「その人はここ数週間、ホテルに滞在してますよ」エディーは片目を閉じて、目を細めてジョニーを見た。ジョニーはその場を離れ、新聞ラックのほうへ行った。

『ボリヴァル』誌を取り上げると、エディーのすぐそばのレジに持っていって、二十ドル札を出した。

「五十セントです」店員は二十ドルからの釣銭を数え始めた。エディーはその様子をずっと目で追っていた。釣りを受け取ったジョニーはエディーのそばを通り過ぎようとしたが、足を止めた。

「ウィリー・ウォラーの部屋は何号室だ?」ジョニーはまだ釣りを数え直していて、エディーの目は札に注がれていた。

「四一四号室ですよ」エディーは答えた。

ジョニーは札の束の中から一ドル抜き取ると、エディーに突きつけた。「助かったよ、エディー」

「まいどどうも、ミスター・フレッチャー」エディーが声をあげた。

第四章

ジョニーは、エレベーターで八階まで上がった。だが、自分の部屋である八二一号室ではなく、右側にある階段室へ向かって、そこから四階まで下りた。

四一四号室へ向かいながら、ポケットから鍵の束を取り出し、その中からひとつを選んだ。

これは、このホテルのどの部屋も開けられる合鍵だ。かつて、ホテルの支配人ピーボディともめたときに、保険として手に入れたものだ。

当然のことながら、合鍵のおかげで四一四号室は難なく開いた。ジョニーは素早く部屋の中に滑り込んだ。部屋の中は暗かったが、スイッチを見つけて明かりをつけた。

部屋の構造は八二一号室と似かよっていた。ただ、シングルベッドがひとつしかなく、幅が二フィート（六十センチ）ほど狭い。ベッド以外には、整理ダンスと椅子がひとつずつあるだけ。

ジョニーは、まっすぐ整理タンスに向かった。一番上の引き出しには、洗面道具、何足かの靴下、汚れた洗濯物があった。二番目の引き出しには、清潔なシャツや下着、靴下がいくつか。そして、ニューヨーク市、〈四十五丁目ホテル〉のウィリアム・ウォラー宛の手紙が何通か。すべてアイオワ州ウェイバリーの消印で、差出人は同地のウォラー精肉店となっていた。

ジョニーは一番最近の手紙を取り出した。安っぽい封書にはこう印字されていた。

ウォラー精肉店、高品質精肉とソーセージ、ウェイバリー、アイオワ州

無造作に書かれた文面は以下のとおり。

愛する息子
そろそろおまえの年季が切れる頃だぞ。おまえがソングライターとやらになることにあまりにこだわっているから、母さんはあと半年伸ばしてやって欲しいと言っているが、わたしにはそこまでの余裕はない。店の経営はあまり思わしくなく、おまえの代わりに誰か人を雇わなくてはならないが、ピンチが続いている。それでもおまえがまだ、ニューヨークに居座るというのなら、もうこれ以上、送金し続けることはできない。おまえが自分でなんとかするしかないだろう。残念だが、おまえが家に戻ってきて店を継ぎ、ソングライターのことなど一切、忘れてくれるのが一番いいと思っている。

おまえの父、ジョゼフ・ウォラー

ジョニーは首を振りながら手紙を封筒に戻した。
部屋の中を見回すと、クローゼットの扉が少し開いていた。中をのぞいてみると、傷だらけのスーツケース、しわくちゃのスーツとレインコートがあった。スーツケースを開けると、古い靴下や破けたシャツが押し込んであった。

部屋のどこにも、ウィリーの仕事に関連するものはなかった。楽譜も、歌詞の原稿も、彼がミュージシャンとして成功しているのか、いないのかを示すものもなにもなかった。

ジョニーは部屋の真ん中に立ったまま、傷だらけの整理ダンスをぼんやりと見つめた。そのとき、いきなり電話が鳴ったので、思わず飛び上がりそうになった。

とっさにドアに向かって急いで退散しようとしたが、ふと考え直して戻り、電話をとった。

「ウィリー？」はっきり女性とわかる声が聞こえた。「一日中、ずっとつかまえようとしていたのよ……ウィリー？」

「誰？」ジョニーが訊いた。

「誰ですって？」女性は答えた。「四一四号室よね？」

「そうだよ。でも、ウィリーは今いない」

「それなら、あなたは彼の部屋でなにをしているの？」

「まさかと思うだろうけど」ジョニーはふざけて言った。「おれは路面電車を待っているんだよ」相手の女性がこの後すぐに、ショッキングな知らせを聞くことになると思うと、ジョニーは顔をしかめ、すぐに言った。「申し訳ない、こんなことを言うべきじゃなかったな。ウィリーになにかあったみたいなんだ……」

「なんですって？」女性は声をあげた。「か、彼は病気かなにかじゃないでしょうね？」

「もっと悪い」ジョニーは言った。「彼は死んだよ……」

電話の向こうから金切り声が聞こえてきた。そして、切れた。

舌打ちしながらジョニーは受話器を置くと、最後にもう一度、部屋を見回して、ドアのほうへ向かった。浴室を通り過ぎようとして、ふと中に入ってみた。そこはまだ調べていない唯一の場所だった。ゴミ箱がひとつあって、中に新聞が捨ててあった。それはただの新聞ではなく、芸能業界紙で、タブロイド紙のような体裁になっていた。ジョニーはそれを拾い上げると、浴室を後にして、急いで階段室へ向かった。

八階まで上がると、自分の部屋に入り、ふたつある椅子のひとつに座って、今は亡きウィリーの部屋から失敬してきた新聞を開いた。『ショーマン』という、エンターテイメント業界のバイブルといっていい情報紙であることは、ジョニーも知っていた。

巻頭は映画特集だった。それから、テレビやラジオの情報や広告が数ページ続く。次に、芝居情報、それから音楽のページ。音楽関連の最初のページの一部がなくなっていた。

ジョニーは眉を寄せた。明らかに意図的にそこだけ切り取られている。縦三インチ（七センチ半）ほど、幅はコラム一記事分の段組みより若干あるくらいの範囲だ。

ジョニーはそのページの音楽関係の記事をいくつか読み、首を振って新聞を放り出すと、部屋を後にした。

ドラッグストアに行って、『ショーマン』の最新号を見つけ、それを買った。ホテルのロビーに戻ると、近くの椅子にぼんやりと腰掛け、切り抜かれていたページを開いた。目指す記事がそこにあった。

『ショーマン』独自の言葉で見出しが書かれていた。

ドネリーのロリポップ大ヒット

アル・ドネリーがまたやらかした。彼の最新レコード《アイ・ラブ・ロリポップ》は、今シーズン最大のヒットになるかもしれない。売り上げは、ドネリーの前回の大ヒット作《コテージ・オン・ザ・ヒル》を上回りつつある。

別の記事もあったが、それはアル・ドネリーが音楽業界で相当な大物であることを語っているだけだった。

記事を読み終え、ジョニーがページをじっと見つめていると、エディー・ミラーが近づいてきた。

「あなたのソングライターのお友だちのことを聞きました?」

ジョニーは顔をあげた。「ウィリー・ウォラーのことか?」

「警察が彼の部屋に上がっていきましたよ。彼は亡くなったんですね」

「このホテルで?」

「いや。この通りを北へすぐのところにあるバー〈ソーダスト・トレイル〉だそうです」エディーは眉をしかめた。「警官のひとりがピーボディさんに、殺しらしいと話しているのが聞こえましたよ」

ジョニーは抜け目ないエディーが渋い顔をしているのに気づいて首を振った。「罪のない奴だったらしいな」

「今日の午後のゲームでなにがあったんです?」

「ウォラーはすってんてんになったのさ。おれもだけどね」

「でも、ミスター・クラッグは勝った」

「モーリーはしばらくゲームに参加していなかった」ジョニーがむっつりと言った。「おれとちょっとした議論をしてたんだ」

「議論？」

「パープル・フェザントで、二百三十二ドル儲かったはずなのに、奴はたったの三十ドルしか払わなかったんだよ」

「そりゃ、そうですよ。保証金を払ってなかったんでしょう」

「保険ビジネスは公明正大ってわけか？」

「じゃなかったら、どうやって胴元は儲けるんです？」

ジョニーは苦々しそうに言った。「これからは、ちゃんと競馬場で賭けることにするよ」

エディーは首を振った。「わたしならやめときますね。三度の飯より競馬が好きなんですが、正攻法でアプローチするクチなんですよ。競馬場に出向いて情報を得て、電光掲示板を見て、ひとつのレースで二頭ないし三頭の馬に賭ける。この間、エンパイアシティの競馬場に行ったときは、一回のレースで四頭に賭けていました。四頭とも全部、三位以内に入るよう賭けたんですが、四頭のうち三頭が入賞しただけで、結果的に負けましたよ。その場ですぐに、胴元を通して賭けることに決めましたね」

「それで、うまくいったか？」

「なかなか勝てませんね。でも、競馬場での負けよりはましです」突然、エディーは言葉を切ると、ひやかすように口笛を吹いた。「あれを見て！」

言われるまでもなく、ジョニーもすでに気がついていた。ゴージャスなブロンドの女が、入口から入ってくると、まっすぐにフロントへ駆け寄った。夜勤のフロント係は、彼女が近づいてくるとでれでれし始めたが、女がデスクに身を乗り出すようにして興奮気味に話し出すと、心配そうな表情に変わった。

ジョニーは立ち上がってエディーに言った。「じゃあ、またな」

ジョニーはフロントのほうへ向かいかけたが、ブロンドが突然振り返り、入ってきたときと同じようにそそくさと入口のドアに向かって駆け出した。ジョニーはその後を追った。

女はあっという間に回転ドアを通り抜けると、車道に近づいた。ジョニーがホテルから出てきたときには、タクシーのドアを勢いよく開けていた。

「〈八十八クラブ〉へ」女が運転手に告げるのが聞こえた。

女がドアを乱暴に閉めると、車は発車した。ジョニーはホテルに戻り、エディーと再び顔を合わせた。

「女性は星の数ほどいますが」エディーは言った。「あのビートくんの彼女だとはとても思えませんね」

「ビートくん？」

「ウォラーですよ。あの女性は彼のガールフレンドなんです」

「名前は？」

エディーはにやにやした。「まあ、頭を冷やしてくださいよ」そして唇をすぼめた。「その隙にほかの誰かがちょっかい出してくるかもしれないという問題がありますけどね」

エディーの肩越しに、殺人課のターク警部補がエレベーターから出てくるのが見えた。「今度こそ、ホントにまたな」ジョニーはエディーに言うと、回転ドアのほうへ戻った。

外に出ると、西側にあるタクシー乗り場に急いで向かい、最初の車に乗り込んだ。
「〈八十八クラブ〉へやってくれ」ジョニーは運転手に告げた。

第五章

〈八十八クラブ〉は、五十三丁目にあった。〈八十八クラブ〉になる前は〈五十三クラブ〉だったが、それ以前にもころころ名前が変わっていた。遠い昔には儲かっていたこともあったが、破産したり、売りに出されたりという変遷を繰り返していた。

〈八十八クラブ〉は、象牙色の二台のピアノと、記念切手より少し大きいくらいのしけたダンスフロアを売りにしていた。ひいき客は若い連中で、たいていちょび髭を生やした男や、妙ないでたちの痩せた女たちがちらほらたむろしていた。

ブース席とテーブル席と長いバーカウンターがある。そこには少なくとも四人の髭男がいたが、ジョニーはそこに席を見つけた。右隣りには、たっぷり髭をたくわえた男、左隣りには、前髪を短く切りそろえ、十インチ（二十五センチ）の長さのホルダーでタバコを吸っている女。女は柄のついたオペラグラスも持っていて、それを通してジョニーをじろじろ観察した。

「ハァイ」ジョニーは女に声をかけた。

女はオペラグラスの焦点をジョニーの顔に合わせ、品定めを終えた。「どこかでお会いしたかしら？」

「スロッキーのパーティで会ったよ」

「スロッキー、スロッキーねえ」女はオペラグラスを持ったまま考え込んだ。

「覚えがないわ」

「ヴィレッジでだよ」

「ああ、ヴィレッジ」女はふいにオペラグラスをおろした。「ヴィレッジではいつもパーティがあったわね」

「パーティがなけりゃ、やってられない」

バーテンがジョニーのところに来た。「何になさいます？」

「ビール」

「なんですって？」

「ビールだ」

「また、どうぞ」

「ビールを知らないのか？　いいか、ビールみたいに見えて、ビールみたいな味がするもの。それはビールしかない。ビンに入ってるものだ」

バーテンは歯をむき出して、およそユーモアゼロの笑みを浮かべた。「冗談はそれくらいにして、もう一度うかがいますよ。何になさいます？　バーボンのロック、ハイボール？　マティーニとか？」

「あたしのと同じものを彼にあげてよ、ジョー」オペラグラスの女が言った。「あたしにもおかわりね」女はジョニーのほうを向くと、オペラグラスを突きつけた。「あなたって、とっても面白い人ね。名前は？」

「ジョニー・フレッチャー。君の芸名は？」

「芸名？　なにをふざけているの。あたしの名前はねえ……あなたが言ってた――スロッキーなんてどう？」

　ジョニーはにやりとした。「スロッキーって、誰だ？」

「あたしたちはそのパーティで会ったと言ったじゃない」

「きっと、ほかの誰かと間違えたに違いないな。スロッキーなんて名前の奴は知らない」

「それなら、あたしたちはヴィレッジで会っていないの？」

「会ったことがなくたって、べつにいいじゃないか」

　女は長いホルダーに差したタバコを吸い込むと、わざとジョニーの顔に煙を吹きかけた。「あなたって、案外面白いのかもね。仕事はなにをしているの？」

「本のセールスマンだ」ジョニーは答えた。

「なんですって？」

「本を売っている」

「あなた、書店員なの？　五番街の〈ブランタノズ〉とか〈スクリブナーズ〉みたいな？」

「うーん、街頭で本を売るのさ。君も見たことあるだろう。おまわりがまわりにいないときにね」

　女がまた身を乗り出した。「もっと聞かせて」

「とっておきの話を？」

「話を続けてよ。あなた、すっごく面白いわ。さっきも言わなかったっけ？」

「確かにそう言ったが、おれは面白くもなんともない男だ。本当に生活のために本を売ってるだけなんだから」

「もちろんそうでしょうけど。どんな本なの？」

「一種類だけさ。『だれでもサムスンになれる』っていう、ちょっとした本だ」

「本当に？　ほら、あなたの飲み物よ」

バーテンが、砕いた氷でいっぱいの背の高いグラスをふたつ置いた。フルーツの塊がいくつか乗った淡いグリーンの液体。「今、お支払いを」そして伝票を置いた。

ジョニーは伝票をとりあげて声をあげた。「四ドル二〇セント！」

「そう、四ドル二〇セントです」

「飲んでみてよ」女が言った。「これ、グリーン・サラマンダーっていうの。あたしはこれしか飲まないのよ」

ジョニーは目の前のグラスをとりあげて、少し飲んでみて、とたんに咳こんだ。

「気に入った？」女が訊いた。

「いや」ジョニーは答えた。

「あら、お友だちになれるかと思ったのに」女は自分の新しいグラスをとりあげて、一気に半分飲み干すと、満足そうなため息をもらした。「美味しい！」

「四ドル二〇セントですよ」バーテンが繰り返した。

ジョニーは薄い札束を取り出して、五ドル札を放り出した。バーテンはそれをつかむと姿を消した。

「あなたにはがっかりだわ」女が言った。「ジョーが腕によりをかけてこしらえてくれたのに」女はオペラグラスでジョニーの胸を突いた。「あたしと踊りたくない？」

「君と踊ったら、どこで習ったのか、きっと君は訊くだろうな。でも、おれのダンス教師に誰にも言わないって約束したんだ」ジョニーはずる賢くにやりとした。「彼は長いダンス教師人生で、二回しか失敗したことがない。おれはそのうちの一回だ。彼はおれに金を払ってまでして、おれが彼からレッスンを受けたことを口止めしたんだ」

「あら」女が声をあげた。「それじゃ、グリーン・サラマンダーで気を悪くしたわけじゃなかったのね。ますます、面白い人だわ。じゃあ、あたしの名前をおしえてあげる。ヴォーンよ」

「ヴォーン？」

「前はミルドレッドって言ってたのだけど、ヴォーンに変えたの。自分の苗字に似てるから。ヴァン・デア・ハイデっていうのだけど、ジェンキンズと名乗っていたこともあったわ。ミルドレッド・ジェンキンズ。どう？」

「ヴォーンよりミルドレッドのほうがいいな」ジョニーが言った。「少なくとも、ミルドレッドは女性の名前だ」

「ヴィヴィアンやエヴェリンみたいなね。でも、ヴィヴィアンとエヴェリンという名前の人を両方とも知っているのよ。エヴェリンだけは自分の名前をエヴァリンと呼ぶの」

女はまたグリーン・サラマンダーに口をつけ、全部飲み干した。よほど、気に入っているらしい。

「おかわりもらうわ」ジョニーに向かって言うと、止める間もなく、バーテンに合図した。

バーテンがこちらにやってきた。

「もう一杯ね」女が言った。

バーテンはほとんど口をつけていないジョニーのグラスに手を伸ばしたが、ジョニーは渡すまいとグラスをつかんだ。「釣りをもらってないぞ」

「なんの釣りですか？」

「五ドル渡しただろう。勘定は四ドル二〇セントのはずだぞ」

バーテンは冷ややかにジョニーを見た。「八〇セントはチップですよね」そう言うと、ジョニーの手からグラスをもぎとってその場を離れ、グリーンの液体を途中の流しに捨てた。

女がまた、オペラグラスでジョニーを小突いた。「もう一杯飲んだら、河岸《かし》を変えない？」

「ビールがあるところにな」ジョニーはむっつりと言った。

穏やかな音楽を奏でていたふたりのピアニストが、突然、ファンファーレ代わりの派手な音を鳴らした。ピアニストのひとりがマイクに向かってアナウンスした。

「皆さま、お待ちかね、みんなのマドンナ、我らが――ミス・ドナ・ドワイヤーの登場です！」

すでに薄暗い〈八十八クラブ〉の照明がさらに暗くなった。薄暗闇の中にスポットライトの明かりが差し込み、二台のピアノを照らし出した。

そして、ウィリー・ウォラーのガールフレンドがスポットの中に登場した。

ミス・ドナ・ドワイヤーはスパンコールをちりばめた襟ぐりの深いドレスを着ていて、かなりのナイスボディだった。ジョニーは思わず低く口笛を吹いた。

その声もまた、良かった。いや、それほど良くなかったのかもしれないが、ジョニーの胸にはぐっときた。少しハスキーな低音で彼女が歌う歌は、まさにジョニー好みの歌だった。オペラグラスで強く叩かれて、ヴォーンがまだそばにいたことを思い出した。

「お支払いですって」

例のバーテンが言った。「四ドル二〇セントですよ」

ジョニーは懐を探ったが、十ドル札と二ドルと小銭があるだけだった。カウンターの上に十ドル札を広げた。「十ドル札しかないが、ぜひとも釣りが欲しい」ジョニーはこう言うと、ヴォーンのほうを向いた。「君が証人だ。おれは彼に十ドル札を渡した。だから五ドル八〇セント釣りを返してもらいたい」

ヴォーンは楽しそうにオペラグラスでジョニーを叩いた。「ほーんとに面白い人!」

バーテンは厳しい目つきでジョニーを見ると、十ドル札を持って立ち去った。恋人を亡くしたばかりの歌手が気になってはいたが、ジョニーはバーテンから目を離さなかった。

バーテンはレジから戻ってくると、上から見下ろすようにしてジョニーと目を合わせ、釣りを返してきた。確かに、五ドル八〇セントあった。

ジョニーは丁寧に釣りを数えると、すべて自分のポケットにしまった。

「まいど」バーテンが言った。

ジョニーはにっこりした。「どういたしまして」そして、またドナの歌に耳をすませた。

ヴォーンが隣りから訊いてきた。「あなた、彼女が好きなのね?」

ジョニーはうなずいた。

「紹介してあげてもいいわよ」

「彼女を知っているのか?」

「もちろん。あちこちのパーティで彼女に会うもの。でも、ちょっと待って。彼女、ウィリー・ウォラーの恋人よ」

「ソングライターの？」

ヴォーンの口が動いた。「彼がソングライターだというなら、あたしはグランマ・モーゼス（アメリカの国民的画家一八六〇―一九六一年）だわよ。彼女ほどうまく絵は描けないけど、彼女の絵のほうが売れるというだけよ。誰もあたしの絵なんか買わないわ。まだ、売れてないだけだけどね」

「そうか、君は画家なのか」

「今年はね。去年は詩人だったの。つまり女流詩人よ」ヴォーンは肩をすくめた。「女性はなにかであるべきじゃない？」

「ああ、女性であるべきだな」

ジョニーは宙に振り上げられたオペラグラスをつかんだ。「また、これで叩こうとしたら、取り上げるぞ」

ヴォーンは身を乗り出したかと思うと、突然、ジョニーの口に臆面もなくキスをした。彼女はキスのテクニックをよく心得ていて、ジョニーはしばらくその妙技を楽しんだ。ドナの歌が終わったとき、まだふたりはキスをしていた。

店に来ている客の数のわりには、拍手は小さかった。ピアニストの声がマイクを通して聞こえてきた。

「さて、次はミス・ドワイヤーがリクエストにお応えします……」

「《アップル・タフィ》」ジョニーが叫んだ。「《アップル・タフィ》を頼む」

ほかからもいくつか曲名があがった。「《レインボー・ロックス》って、言いました？」ピアニストが声を張り上げた。「いいですね。《レインボー・ロックス》を……」

「《アップル・タフィ》だよ！」ジョニーは吠えた。

ピアノの音がジョニーの声をかき消した。だが、ドナの目は《アップル・タフィ》と叫んだ声の主を突き止めようと、バーカウンター周辺の暗がりを見ていた。

ドナは虹と神秘的な岩の歌を歌い始めた。ひとつの岩の塊から別の岩へと虹がかかり、それぞれの端の岩の下に黄金があった、あるいは、岩が金色に塗られていた、だったか、ジョニーは歌の内容は忘れてしまった。

ジョニーの隣でヴォーンが言った。「《アップル・タフィ》って、なんのジョークなの？」

「ジョークじゃないさ。歌のタイトルだよ。ウィリー・ウォラーが曲を書いたんだ」

「彼は本当に曲を書いてたの？　作曲してるなんて、口から出まかせだと思っていたわ」

「口先だけの話じゃなくて、本当に書いていたんだ。悪いことに、その曲を失ってしまったけどな」

「失ったって、どういう意味？」

「おれのダチが、彼から曲の権利を勝ち取ったんだ……」ジョニーは、サイコロを振って転がすしぐさをした。

「あなた、気に入ったわ、ジョニー」ヴォーンが甘えるような声を出した。「ホントに面白い人。さあ、ふたりでここを退散しましょ。家に帰る道すがら、もっとジョークを話してよ」

「ドナ・ドワイヤーに紹介してくれるんじゃないのか？」

「でも、言ったでしょう。彼女はウィリー・ウォラーの恋人よ」

「もう、恋人じゃない。ウィリーは死んだんだ」

オペラグラスがまたジョニーを突つこうとしたが、途中で止まった。「また、べつのジョーク？」

「違う。ウィリーは今日の午後、殺されたんだ」

ヴォーンはジョニーをじっと見つめた。そして、ふいにドナのほうに視線を向けた。「彼女は知っているの？」

ジョニーはうなずいた。

「それでも、彼女は歌っているのね」

「なにがあっても、『ショーは続く《ショー・マスト・ゴー・オン》』だ」ジョニーはさらにつけ加えた。「なにかの本で読んだんだよ」

ドナの歌が終わった。申し訳程度の拍手が起こったが、彼女が三曲目を歌う気になるほどではなかった。ドナは舞台を下りた。

「よし」ジョニーはヴォーンに言った。「紹介してくれよ」

「今？」

ジョニーはうなずいた。ヴォーンはスツールから滑り下りると、狭いダンスフロアを横切った。ヴォーンはジョニーと同じくらいの背丈だということがわかった。ジョニーは彼女の後を追って、二台のピアノのそばを通り過ぎ、カーテンで仕切られた出入口へ入っていった。

ヴォーンは近くのドアをノックした。

「ヴォーンよ。ねえ、いいかしら」

「ヴォーン、誰？」ドナの声が聞こえた。

「ヴォーン・ヴァン・デア・ハイデよ。友だちを紹介したいの」

「来ないで」とドナが言い返す。

ヴォーンは眉をひそめた。なんとも魅力的なしかめっ面だったが、しかめっ面には変わりなかった。

「無理もないわね。そんなことがあった後じゃ。出直す?」

ジョニーは首を振った。「バーで待っててくれ。後で合流する」

ジョニーは有無を言わさずドアを開けると、ドナの楽屋へ入っていった。ドナはドアが開いて、閉まる音を聞いた。「いい、あなたって……」そして振り向くと、そこにいたのはヴォーンではないことに気づいた。「いったい、誰なの?」

「おれは、ウィリー・ウォラーの友人だった」

ドナはコールドクリームの容器をとりあげると、ジョニーに向かって投げつけた。ジョニーが素早くよけていなかったら、もろに頭を直撃していただろう。

「ウィリーに友だちなんかひとりもいなかったわ」ドナが叫んだ。「彼が生きていたとき、彼の知り合いは誰ひとりとして彼のことを助けてくれなかった。死んでしまった今だって……」

ドナが激しく椅子を蹴って、ジョニーのほうへ向かってきた。椅子が倒れて床に叩きつけられた。

ジョニーは慌てて言った。「おれは、ウィリーが殺されたとき、現場にいたんだ」

ドナの手がジョニーの顔に平手をくらわし、ひっかいた。その攻撃は激しかった。ドナは一歩引いて、さらに勢いをつけて殴ろうとした。ジョニーはドナの手をつかみ、もう片方の手もとらえた。怒り狂ったヤマネコを捕まえているようなものだった。ドナにむこうずねを蹴とばされて、ジョニーは思わず彼女の手を離して後ずさりした。

「落ち着いて、ドナ」ジョニーは叫んだ。「おれは君の味方だ」

「味方なんか、いたためしがないわ!」ドナが叫んだ。「ウィリーは死んだ……そして」

ドナの目から、突然、涙があふれ出た。ジョニーに背を向けると、ソファーに駆け寄って身を投げ出し、突っ伏した。

そして、身を震わせてむせび泣いた。

ジョニーはしばらく、そんな姿を見ていたが、踵《きびす》を返して楽屋を出て行った。関係者エリアを後にして、〈八十八クラブ〉のフロアへ戻った。

ヴォーンがグリーン・サラマンダーを舐めながらカウンターで待っていた。ジョニーはそのままヴォーンを無視して店を出ていこうかと思ったが、葛藤しているうちにヴォーンがグラスを置いて椅子から飛び降り、ジョニーのほうへやってきた。

「顔が赤いわよ」すぐにヴォーンは気がついた。「平手打ちをくらったのね?」

「そのとおり」ジョニーは認めた。

「あたしはあなたをひっぱたいたりしないわよ」ヴォーンが言った。「さあ、ここを出ましょうよ。気が滅入るわ」

ヴォーンはジョニーの腕をとり、ふたりは出口に向かった

店を出ると、ヴォーンはドアマンに合図した。「タクシーを」

「いい夜だ」ジョニーが言った。「歩かないか?」

「ヴィレッジまで?」

「誰がヴィレッジに行くんだ?」

「あたしが住んでるところだもの、おばかさんね」

ドアマンはすでに車のドアを開けて支えていた。ジョニーはヴォーンが車に乗り込むのを手助けし

てやった。そして、身を屈めて言った。「そうだ、思い出したよ。おれにはムショにいる友だちがいてさ、保釈金を都合してやらなくちゃならないんだった。じゃあな、おやすみ」そして、タクシーのドアを勢いよく閉めた。

ヴォーンの口が動き、こちらに向かってなにか叫んでいるのが見えたが、運転手はドアが閉まる音を聞くと、それを合図にすぐにギアを入れて車を出した。

第六章

サムがご機嫌になるのに、それほど時間はかからなかった。〈ゴーガティのステーキハウス〉でステーキが運ばれて来るのを待っているだけで十分幸せだった。待つ間、ウェイターが持ってきたロールパンを貪り食った。パンのカゴが空になるとおかわりを頼み、スープが運ばれてくるまでには、九個もの硬いパンをたいらげていた。スープを飲み干し、オードブルとさらにパンをふたつ片づけると、やっとお待ちかねのステーキが運ばれてきた。

分厚くて大きな最高のステーキだった。ベイクドポテトとその他のつけ合わせも一緒にたちまち食べ終わると、チーズつきの大きなアップルパイを注文した。その間にコーヒーを三杯飲み、もう一杯注文しようかと迷っているうちに、ウェイターが伝票を持ってきた。会計は四ドル六十五セントだった。

サムは一瞬、顔を曇らせたが、とりあえず元気になっていた。ウェイターに十ドル札を渡して、釣銭を待った。隣のテーブルには、痩せてむっつりした男が座っていた。右の顎に三日月形型の傷跡があり、その三日月の下に小さな直線がある。なんとなく見覚えがある顔だったが思い出せなかった。

ウェイターが、五ドルと二十五セント硬貨と十セント硬貨を持ってきた。サムは釣り銭を受け取ると、十セント硬貨をトレイに戻した。

ウェイターが言った。「これはなんのためですか？」

「あんたへのチップだよ、給仕《ギャルソン》さんよ」サムは上から目線で言った。

ウェイターはサムが冗談を言っているのかどうかを見極めようとじっと見つめ、そうではないとわかると言った。「申し訳ありませんが、あなたさまから余分なお金をいただくわけにはいきません。あなたの奥さまや、満足に食べられない子どもたちにフェアではありませんから」

「そうかい、勝手にしろ」サムは吐き捨てるように言うと、十セント硬貨を取り戻して、椅子を引いて立ち上がった。

そのとき、どこで隣の席の男を見かけたのか、ふいに思い出した。

自分のテーブルの向こう側へ回り込むと、隣の男に近づいた。「あんた、今日の午後、〈ソーダスト・トレイル〉にいたな」

男が顔を上げてサムを見た。その目はぼんやりしていて、ガラス玉のようにほとんど生気がなかったが、サムはそれに気がつかなかった。

「それがどうした？」

「あんた、青酸カ……毒を盛っただろう。ウィリー・ウォラーのウィスキーに」

「確かに」男は平然と言った。「いつかあんたのウィスキーになにか入れてやったら面白いだろうな」

「やめろ。まさか、そんなことはしないだろう」サムが言った。「あんたのそばにいるときは、ウィスキーは絶対飲まないからな」そして、はっとした。「じゃあ、あんたはウィリー・ウォラーを殺したことを認めるんだな？」

「それがなんだ？　あんなひどい歌を歌おうとしていたからな」

「悪かったな。そのひどい歌ってのは、偶然にもおれのものなんだ」とサム。「五十万ドルになるってウィリー・ウォラーに言われたぜ」

「あれを歌うつもりじゃないだろうな……まさかここで？」

「いつだって、どこでだって、おれが好きなときに歌うさ」また話をはぐらかされたことに気づいて、サムは顔をしかめた。「おまえはウォラー殺しを自白したな。おれとダチのジョニー・フレッチャーがそのせいで濡れ衣を着せられてるんだ」

「そりゃ、ご愁傷さま」顔に傷のある男が同情した。「いいから、もう放っておいてくれないか。まだ夕飯を食べ終えてないんだ。食べている最中に邪魔されるとイラつくんでね」

「ムショの中で食べ終えることになるぞ」サムはぼそりと言った。「今すぐにサツを呼んでやる」

「おれがあんただったら、そんなことはやめとくね」傷男はやんわりと言った。「どうしてもサツを呼ぶっていうなら、おれはあんたを殺《バラ》さなくちゃならない」

「あんたが？　そんなことする奴、誰がいるっていうんだ？」サムが挑むように言った。

　傷男はせいぜい体重百五十ポンド（六十八キロ）といったところだが、ご存じヤング・サムソンことサムはなんといっても世界最強の男だ。

　小柄な傷男はしげしげとサムを見た。「右ひざに半オンス（十四グラム）、それからあんたが振りあげるだろう右の拳に半オンス。そして、三番目は額に半オンス」

「いったい、なんの話だ？」サムが声をあげた。

　すると、傷男は膝にかけていたナプキンを少し持ち上げた。そこには三十二口径の銃があった。

「これさ。ひとつの弾丸の重さはおよそ半オンス。この三発を今おれが言ったように分配すれば、非常に物事がうまくいく。いや、念のために四発必要か。それでも、邪魔しようとする奴が出てきたときのために、まだ三発余る」

平然とした物言いに、サムは急に背筋が冷たくなって後ずさりした。「こんなひと目の多いところで、まさか、そんなことをするバカはいないだろう」

「ああ、こっちはまったく平気だぜ」面白がるような答えだった。「おれのことをいかれてるから、なにをしてもおかしくないと言う奴はいるだろうけどな。この小さな鉛の弾をくらいたくなかったら、おれの正面に座って、おれが食事を終えるまでおとなしくしてることだな。わかったか？」

サムは息をのみ、傷男の正面の椅子を引いた。相手は愛想笑いをすると、右手をテーブルの下に入れて銃を握ったまま、左手だけで食事を続けた。

「あんたが言ってた」傷男が言った。「ダチだという男、フレッチャー……だったか？」

「おれは、なにも言ってない」サムは歯切れ悪く言った。

「はっきり言えよ。聞こえないぞ」

「おれはなにも言っていない」サムは凄みをきかせた。

「フレッチャーのことだ。そいつのことを聞きたい。奴は今夜、どこにいるんだ？」

「ホテルだよ。つまり、や、奴はデートなんだ。サツのターク警部補とな」

「本当か？　あんたが言ったホテルで？　それは、通りの向かいの〈四十五丁目ホテル〉なんじゃないのか？」

「おれは、なにも言ってない」サムは冷や汗をかいた。

「そうかな？　だが、あんたはほんの数分前まではけっこうなおしゃべりだったよな。だから話を続けろよ。さあ、どうぞ」

サムは口をつぐんだ。

傷男はナプキンを取り上げると口許を抑えた。「ウェイターを呼んでくれないか」

サムは振り向いた。待機していたウェイターが不機嫌そうにこちらを見ていた。

「給仕！」サムが声をあげた。

ウェイターがこちらにやってきて、バカにするように言った。「わたしの名前は、アルバートです
〝給仕〟ではありません」

「この人の伝票を」サムが言った。

ウェイターは伝票を切るとサムの前に置いた。サムはそれを傷男に渡そうとした。すると、傷男は
左手で払いのけた。

「あんたが払ってくれ」

サムは息をのんだ。ポケットに手を突っ込んで五ドル札を取り出すと、伝票をにらみつけた。「三
ドル九五セント……」

「釣りはとっといてくれ」傷男が勝手に言った。

ウェイターはにっこり微笑んだ。「ありがとうございます、お客さま。あなたさまは、紳士でござ
います」

「さて」傷男はため息をついた。「残念だが、お先に失礼しなくちゃならない。おれがドアから外へ
出るまでじっとしてるほうが身のためだぞ。荒っぽい弾丸で、誰かを傷つけたくないのでね」

サムはしかたなく席に座ったままでいた。傷男が出ていくのをじっと見つめ、ドアが閉まるやいな

や、立ち上がって後を追いかけた。椅子がふたつひっくり返るほどの勢いだった。

だが、時すでに遅しだった。

サムが歩道に出たときには、傷男の姿はどこにもなかった。夕暮れで人がごったがえし、その中にまぎれてしまったのだろう。あるいは、どこか近くのビルの中に飛び込んだのかもしれない。

サムは歩道に立ち尽くし、『バカだ、ボケナスだ』と自分のことをののしった。そして、〈四十五丁目ホテル〉のほうを見た。持ち金二十ドルのほぼ半分がすでに消えていた。

とはいえ、まだ十ドルは残っている。ラジオシティ・ミュージックホールで楽しむことはできる。そこで過ごせば、この三時間ばかりの間に起きた災難なんか、きれいさっぱり忘れられるだろう。ジョニーと嫌でも顔を突き合わすまではまだ三時間以上ある。

サムは四十五丁目を歩き、六番街、つまり、アベニュー・オブ・ザ・アメリカスを左折して、ラジオシティ・ミュージックホールを目指した。

すばらしい出し物だった。映画もサム好みで、ステージショーも十分に楽しめた。ザ・ロケッツ（一九二五年に結成された、ラインダンスを踊る女性グループ）は最高で、二回目のショーも観ていこうかと迷うくらいだった。だが、その誘惑を断ち切って、ホテルへと戻った。時計屋のウィンドウを見ると、十一時少し過ぎだった。

ジョニーはまだ起きているだろう。明日の朝まで顔を合わせないほうがいいとサムは考えた。

サムは四十七丁目の方へ戻り、半ブロック歩いてビールを飲もうと決めた。店の名は、〈ラスケラー〉。たぶん、ドイツ語で「ネズミの地下室」という意味だろうが、ドイツビールは好きだった。

サムはラガーを一杯注文し、おかわりも頼んだ。隣の席にひとりの女が座った。女はサムに微笑みかけた。

「ハイ」女が声をかけてきた。

「ハイ」サムはそれに応え、いつの間にか女にビールをおごってやっていた。女はさらに二杯ビールを飲み、カクテルまで頼んだ。サムはビールだけで居座ったが、女はもう一杯カクテルを飲んで、おまけにサムから一ドル借りると、化粧室に消えた。

女は戻って来なかった。

サムはもう一杯ビールを頼み、バーテンに訊いた。「女の子の化粧直しってのは、どれくらい時間がかかるもんだ？」

「サリー・スーのことですか？」バーテンが訊いた。

「おれと一緒にいた女のことだよ」

「彼女は二十分前に帰りましたよ」

恐ろしい胸騒ぎがしてサムはどん底に突き落とされた。「この店には化粧室なんかないんだな？」

「ありますよ。でもそこから出られる裏口があるんです。ここで働いている女たちはたいてい、そうやって外へ出ます」

「その、サリー・スーって子もここで働いてるのか？」

バーテンはにこやかにほほ笑んだ。「あなたが警官なら、答えはノーですね。彼女はここでは働いていません。警官じゃないなら、彼女はここで働いていて、客に買ってもらった酒の手数料を受け取っているというのが答えです」

「またしてもだ」サムが言った。「ひと晩に二度もやられた」

サムは椅子から立ち上がり、それをバーテンに投げつけてやろうかとふと思った。だが、やめておいた。
そして、〈四十五丁目ホテル〉へと歩いて戻った。
ジョニーはすでにベッドに入っていて、軽くいびきをかいて寝ていた。

第七章

エレベーターで下に降りながら、ジョニーはサムに言った。「美味い朝飯が食いたい気分だな」

「おれもそう思ってたよ」サムが大いに賛成した。「昨夜は軽食しか食べてないんだ」

「よし。ピーボディのごちそうを試してみようぜ」

ふたりはロビーの奥の食堂へ行って、ハムエッグ、トースト、オレンジジュースを注文し、サムはそれにステーキを追加した。

ふたりが朝食を平らげると、ウェイターが伝票を持って来た。「おまえが払えよ」ジョニーが言った。

サムは息をのんだ。「それが……金がねえんだ」

「どこでばらまいてきたんだよ?」ジョニーが嫌味を言った。「新しいスーツでも買ったのか? おまえが新しいスーツなんか、持ってたためしはないがな」

「二十ドルしか持ってなかったんだぞ」サムが文句を言った。「晩飯を食って、映画に行ったんだ」

「映画二ドル、晩飯二ドルだろう」ジョニーがそれぞれの金額をあげた。

「晩飯に十ドル使っちまったんだよ」サムが苦し気に言った。

ジョニーはサムをじっと見た。「よくもまあ、一回のメシで十ドルも食えたもんだな?」

「おれが食ったんじゃない」サムが言った。「べつの奴の分も払わされたんだ」そして急に顔を輝かせた。「そう、あのソングライターを殺った奴だよ。あのウィリー・ウォラーを……」

「サム」ジョニーがうんざりしたように言った。「おれに子どもだましみたいな話をするなよ」

「本当なんだよ、ジョニー」サムが言い返した。「奴はおれの隣に座ってた。通りの向こうの〈ゴーガティ〉の店だよ。おれはサツを呼ぼうとしたんだが、奴に銃を突きつけられて座らされて、奴が食事する間、おとなしくしているしかなかったんだ。奴は食べ終わると、おれに勘定を払わせた。それだけじゃなくて、ウェイターにやる一ドル五セントのチップまでおれが払ったんだぜ」

「おまえの話を信じるしかないな」ジョニーが言った。「おまえが、そんな間抜けな話をでっちあげられるわけないからな」

「でっちあげたりなんかしてないよ、ジョニー。本当のことなんだ。神に誓って……」

「わかったよ。おまえはそいつのメシ代を払ってやって、自分のも払ったってわけか。とはいえ、せいぜい、七、八ドルだろう」

「十ドルだよ」

「それなら、まだ十ドル残ってるだろうが」

「ラジオシティ・ミュージックホールで二ドル使ったんだ、ジョニー。本当にすごいショーだったよ……」

「それでも使ったのは十二ドルだろう。まだ八ドルは残ってるはずだぞ」

「いや、それがそうじゃないんだ、ジョニー。三十五セントしか残ってない。実は……帰る途中でビール飲んじまって……」

「八ドルもビールに使ったのか？」

サムは赤くなった。「バーに女がいてさ……」

ジョニーはうめき声をあげて、伝票を取り上げた。「三ドル二十セント！」ジョニーは近くにいたウェイターを呼んだ。「あんたの鉛筆を貸してくれ」

ウェイターはこちらにやってきたが、鉛筆は渡さずに丁寧に言った。「だめです、ミスター・フレッチャー。伝票にサインはできませんよ」

ジョニーはぶつぶつと悪態をつきながらウェイターに言った。「ピーボディに間に入ってくれるよう、訊いてみてくれ」

ウェイターはしぶしぶとその場を離れた。彼としては、ジョニーやサムのことが好きだったので、これからふたりにふりかかろうとしている悲劇がわかっていたのだ。

「ジョニー」サムがふいに言った。「昨夜、おれがあんたにやった二十ドルはどうしたんだ？」

「六十セントしか残ってないんだ、サム」ジョニーが答えた。「おまえは思わず泣けてくる悲しい話をしたが、実はおれも同じなんだ。バーで女に会った……」

「なんてこった！」サムは叫ぶと、ジョニーの肩越しに目をやった。「ピーボディが来るぞ！」

ミスター・ピーボディはこのホテルの支配人だが、三週間部屋代を払わなかったら、自分の実の母親であっても追い出すような男だ。たとえ外の気温が零下で、母親がひどい風邪に苦しんでいても、冷酷に通りへほっぽり出すだろう。

小うるさい小男で、人間嫌い、とくにサムのことを嫌っていた。その理由はただひとつ。サムが誰よりも嫌いなジョニーの友人だからだ。

ジョニーたちのテーブルにやってきたピーボディの豆粒のような小さな目は、瑪瑙《めのう》のように険しかった。「おや、ミスター・フレッチャー、朝食代のサインとはなんのことですかね？」

ジョニーはその問いを無視した。「ミスター・ピーボディ、このホテルで起こっていることを知ってるか？」

金壺眼が鋭く光った。「知っていますよ、ミスター・フレッチャー。ここに長逗留している人たちが引き起こしていることですよね。それについて、そろそろなにか手をうつべき潮時ですな」

「すばらしい」ジョニーが言った。「ホテルでやってるクラップスゲームの元締めを、ついに締め出すつもりなんだな」

「なんですと？」ピーボディは声をあげた。「クラップスですって？」

「一六〇〇号室でやってるやつだよ」

「一六〇〇号室は、ミスター・ハミルトンの部屋ですよ。彼は、評判のビジネスコンサルタントです」

ジョニーはまったりと穏やかに嘲るような声をあげた。「モーリー・ハミルトンは、ギャンブルの胴元だぜ。このホテルでそれを知らないのはあんただけだよ。ミスター・ピーボディ、ウィリー・ウォラーが、モーリー・ハミルトンのクラップスゲームですべてを失ったのを知ってるか？　サツがウォラーの殺人事件を捜査するためにここに来たときに、誰かがそのことを奴らに話したんじゃないのか？」

「まさか！」ピーボディは言った。

「世間さまがなんて言うと思う、ミスター・ピーボディ？　考えてみろよ。〈四十五丁目ホテル〉、つまりあんたの大事なホテルが暗黒街の悪徳胴元が動かしてるクラップスゲームの巣窟になってるんだぞ。あんたのお上品なお客さまのひとりが、そのゲームで金をすって身ぐるみはがされ、その一時間後に殺された。なあ、ミスター・ピーボディ？　どうして、ウィリー・ウォラーは、あんたのホテルで行われていた明らかに違法なギャンブルで金をだまし取られたその一時間後に殺されたのか？　訴えてやると彼が脅したからか？　サツへ垂れ込むと脅したからか？　そして、ミスター・ピーボディ、このホテルの支配人であるあんたは、サツがホテルに対してどんな処置をとるか、ビクビクものなんじゃないのか？」

「いや、いや、そんなことはない」ピーボディは泣きそうになっていた。

「いや、図星だろう、ミスター・ピーボディ」ジョニーは平然と言った。「サツは、あんたに尋問するぞ。あんたを署までしょっぴいて、でっかくて煌々と明るいライトの下に座らせる。ライトの明かりがまぶしすぎて、まわりを取り囲む、図体がでかくてタフなおまわりたちの姿はあんたにはよく見えない。彼らはあんたに矢継ぎ早に質問してくるだろう。あんたが自分の名前すらわからなくなるまで、何時間も何時間も攻めまくられるだろうな」

ピーボディは体をぐらつかせ、サムの隣の椅子の背をつかんでどさりと腰を下ろした。そうしなかったら、そのまま崩れ落ちてしまったことだろう。

「警察は……そんなことはできない」ピーボディは力なくつぶやいた。「そんなことは……」

「いいや、奴らならできるぜ。できるだけじゃなくて、奴らは確実にやるよ。おれが、ターク警部補の耳元でささやくだけでいいんだから……」

「やめてくれ」ピーボディは懇願した。「そんなことは、やめてくれ……」

ジョニーは後ろにふんぞり返ると、ピーボディを厳しい目つきでじっと見た。そして、ピーボディの頭がまともに働かないうちに、テーブルに身を乗り出してよからぬ相談をするかのように声を低くした。

「だがな、おれたちならあんたを助けることができるんだよ、ピーボディ。おれとサムでね。おれたちはウォラーが殺されたときに現場にいた。犯人の顔を見ている。そうだよな、サム？」

「ああ、そのとおりだ。それだけじゃなく、昨夜……」

ジョニーがサムを素早く止めた。「おれたちは、そいつの居場所がわかっている。奴の面《めん》がわかるのもおれたちだけだ。奴を探し出しておまわりに引き渡せば、サツはこれ以上、〈四十五丁目ホテル〉で起こっていることを探る必要もなくなるってわけだ。そのほうがよっぽどありがたくはないか？」

ピーボディの呼吸は荒く、苦しそうだった。「やってくれますか、ミスター・フレッチャー？　殺人犯を見つけてくれますか？」

「ああ、見つけるよ、ミスター・ピーボディ。おれとサムでね。おれたちは奴の顔を知っている。奴のねぐらもわかっている。時間の問題さ。楽勝だね」ジョニーは、短く息をつくと、ピーボディにぐさりと最後のとどめを刺した。「で、そのためには、数ドルかかるんだ、ピーボディ。おれたちはあちこち駆けずり回って、何人かにいろいろ訊いて回らなくちゃならない。その際、そいつらにちょっとした小銭を握らせなきゃいけないんだよ。あんたのためにやってやるのは構わないんだが、あいにく持ち合わせがない。そこでだ、ちょっとばかし、事前に都合してくれたりすることはできないものかな？」

「も、もちろん」ピーボディは言うと、素早くポケットに手を突っ込んで薄い札束を取り出すと、五ドル抜き取った。

「ええ……と、もう少しいいかな」とジョニー。

ピーボディがさらに五ドル抜き取ると、ジョニーはずうずうしく、十ドル紙幣にも手を伸ばして巻き上げた。

「明細はちゃんと控えておくからさ」ジョニーは言うと、サムに素早く合図を送って椅子を引いた。それから、朝食の伝票を取り上げると、ピーボディの震える手に押しつけた。「それも、頼むわ」

ジョニーが唖然としているウェイターのそばを通り抜けたとき、ピーボディはまだ椅子に座ったままだった。サムも急いでジョニーの後に続き、ロビーに出た。

サムがしゃがれ声でささやいた。「ジョニー、あんた、ピーボディから二十ドル巻き上げたんだな！」

「それに、朝メシ代もだ」ジョニーはくすくす笑った。「それを忘れるなよ」

ジョニーはエディー・ミラーにウィンクすると、通りに出た。歩道でサムが急に大声を出した。

「ピーボディが後でよくよく考えたら、どうなるんだ？」

「あれは、とっさの思いつきさ」ジョニーは言った。「時間があれば、もっとましな展開を考えるよ」

サムはジョニーと並んでタイムズスクエア方面に向かった。途中、〈ソーダスト・トレイル〉の前を通り過ぎたとき、ジョニーは一瞬ためらったが、中に入るのはやめた。サムが、そのためらいに気づいた。

「本気でウィリー・ウォラーを殺した奴を追いかけようってわけじゃないだろうな？」サムは身震いした。「おれに突きつけられた銃はホンモノだったぜ」

「あの楽譜だよ、サム」ジョニーが言った。「あれを見せてくれ」

サムは、胸のポケットから楽譜を取り出した。ジョニーはタイトルが書かれたページをちらりと見た。

作詞・作曲　ウィリー・ウォラー

そして、自分のポケットから『ショーマン』の切り抜きを取り出した。「歌詞、募集」とあり、その裏はアル・ドネリーの記事になっていた。そして、またもとにひっくり返した。

「〝歌詞、募集〟か」ジョニーは声に出して読んだ。「〝名声と富があなたのものになるかも。あなたは歌詞を書くだけ。それにわたしたちが曲をつければ、印税ががっぽり！　マードック社、モナドノック・ブロック、ニューヨークシティ〟」

「おれたちにはもう、歌詞と楽譜があるんだぞ、ジョニー」サムが言った。「ほかになにも、助けはいらないだろう」

「そのとおりだ。おれたちには必要ない」とジョニー。「だが、おれはいつもこういう奴らのことが不思議だったんだ。いつだって広告を出しているだろう」

「彼らは金が欲しいだけなんだよ、ジョニー。何年か前に一度、歌詞を送ったことがあるんだが、奴ら、曲をつけるのに四十五ドル要求してきたんだぜ」サムはあざ笑うように言った。「あんたはこんなのうさんくさい商売だと言うだろうな」

「ふむ、おれたちは音楽ビジネスに首を突っ込んでるってわけだな、サム。どんなもんか、見てやろうじゃないか。モナドノックビルはすぐ近くだし」

「あんな連中と話してなんになるっていうんだ？」サムが訊いた。「そんな切り抜きをどこからくすねてきたんだよ?」

「『ショーマン』からだよ。ウィリー・ウォラーの部屋にあった」

「いつ、奴の部屋に入ったんだ?」サムは声をあげた。

「昨夜さ」

サムの表情が曇った。「なにをしようとしてるんだ、ジョニー?」

ジョニーは肩をすくめた。「ウィリー・ウォラーを殺した奴を見つけるんだよ」

「なんだって?」サムが吠えた。「また、探偵ごっこをやるつもりじゃないだろうな?」

ジョニーはその言葉を無視した。「いいか、この曲《アップル・タフィ》は、おまえのものだろう?」

「そうだよ」

「おまえはこの曲をウィリー・ウォラーから正々堂々と勝ち取った。彼はこの曲がいくらになると言った?」

「五十万ドル。だけど、それは単に話の上だけのことだ」

「そうさ。五十万どころか、たった十万ドルにしかならないかもしれない。だが、パセリみたいにつまらないものじゃないんだぜ」

「十万ドルゲットできると思っているのか?」サムが身を乗り出した。

「乗りかかった船だ。誰かがウィリー・ウォラーを殺した。それは確かだ。そうだろう?」

「この曲のせいだと……思ってるのか?」

ジョニーは肩をすくめた。「人が殺される理由はふたつ。憎悪か……強欲だ。おれらが知る限り、ウィリーに敵はいなかった。だから、金絡みで殺されたに違いない。ウィリーの部屋を調べていて……」

「だから、昨夜、おれを追っ払ったってわけか?」サムが恨み節を言った。

「おれより前に誰かがウィリーの部屋に入ったみたいだった。一切合切きれいになくなってた。アイオワにいる彼の親父さんからの手紙と、切り抜かれた『ショーマン』以外はね。切り取られていた箇所がこの切り抜きってわけだ」

「わかった、負けたよ」サムは降参した。「じゃあ、行こうぜ」

第八章

　モナドノックビルはかつては羽振りが良かったようだが、世紀が変わる頃からずっとある古いビルだ。今日、このビルの一室を借りようと思ったら、月五十ドルも払わなくてはならない。百ドル出せばスイートが借りられるが、いつでも空き室だらけだった。

　ジョニーとサムはビルの案内板を調べて、マードック社が三一二号のスイートに入っていることを突きとめた。ふたりは三階へ上がると、エレベーター近くに三一二号室があるのを見つけた。

　その〝スイート〟とやらは、ふたつのオフィスと待合室になっていた。オフィスは両方ともドアが閉まっていた。

　三十がらみの黒髪の女性秘書が黒ずんだデスクで郵便物を開封していた。魅力的な女性とは言えず、本人もとくにそれを気にしている様子もないようだ。彼女はジョニーとサムをうさんくさそうに見た。

「なにか?」

「フレッチャーがミスター・マードックにお目にかかりたいと」

「ご予約がおありですか?」

　ジョニーは肩をすくめた。「イエス」とも「ノー」とも言わずに、ただにこやかに微笑んだ。

　秘書の口が真一文字になった。「どういったご用件で?」

「それは、自分で本人に伝える」

「それはできません。ご予約がないのでしたら……」

「誰がないと言いました？」

「スケジュール表にお名前がありません」

ジョニーは秘書の顔をじっと見た。そして、片目をつぶって、おおげさなウィンクをした。「伝えてください。エセルのことでと……」

秘書の口が少し開いた。そして立ち上がると右側の部屋へ入っていった。秘書は慎重にドアを閉めた。

「エセルって、誰だ？」サムが訊いた。

「彼の泣き所さ」

ジョニーはデスクに屈みこみ、秘書が開封したばかりの手紙のひとつを取り上げた。短い文面で、安っぽいメモ用紙に字が書きなぐってあった。サムもジョニーの肩越しに覗き込んだ。

『新しい歌詞ができあがりました。すばらしい出来なので、これに曲をつけてくださるなら、ヒット間違いなしでしょう』

ジョニーが手紙をデスクに放り投げたとき、オフィスのドアが開いた。秘書の両頰が赤くなっていた。

秘書の声は強張っていた。「どうぞ、お入りください」

ジョニーは秘書にウィンクした。そして、サムと一緒にマードックのオフィスに入った。マードックはデスクの向こうに立っていた。四十がらみのでっぷり太った男で、髪の分け目がやけに広く、四インチ（十センチ）ほどもあった。

　マードックはジョニーを睨みつけ、サムのたくましい体を見て眉間にしわを寄せた。

「エセルについてとは、なんの話です？　エセルという名の女性などわたしは知りませんな」

「誰が女性だと言いました？」ジョニーが言った。「《エセル》は、おれの新曲のタイトルですよ。その件であなたにお会いしたかったんです」

「これは、これは」マードックは一瞬驚き、そのたるんだ顔に無理やり笑みを浮かべた。

「御社の広告を見ましてね。歌詞にあなたが曲をつけてくださる、というやつですよ。で、こっちには歌詞がある。あなたがこれまで聞いたこともないような、すごい歌詞なんですよ」

「それはそうかもしれませんな、ミスター、ええと、ミスター……」

「フレッチャーです。ジョニー・フレッチャー。作詞、フレッチャー、作曲は……」ジョニーはにっこりした。「マードックですかね？　儲けはどうやって分けます？　六対四くらいですかね？」

　マードックの顔はますます険しくなった。「そんなやり方はしていない……」

「わかりました。それじゃあ、五分五分……」

「ミスター・フレッチャー」マードックが怒りを露わにした。「ちょっと、いいですか」

「もちろんですよ、どうぞ。あなたが曲を書いて、おれが歌詞を……」

「歌詞は？」マードックが吐き捨てるように言った。「お持ちでしょうな？」

「いいえ」ジョニーが答えた。「まず、あなたの計画案を先にうかがいたい。まあ、五分五分なんて期待していませんが、せっかくあなたにお会いできたのですから、あなたのご意向に喜んでおつきあいしようと思っているのですよ」

「まずは、歌詞の原稿を見せてもらいたい」マードックは苦しまぎれに繰り返した。「個人的にじっくり見てみて、見込みがありそうだと判断できたら……」

「見込みはありますよ。保証します」ジョニーが言った。

「おれもすばらしい歌詞だと思うな」サムが口をはさんだ。

「あなたは音楽評論家で？」

「まあ、なんでもいいさ」とサム。「歌が好きなんだ。その歌はいいぜ。好きだな」

マードックは最大限努力して、なんとか冷静になろうとした。「そこまで言うなら、歌詞の原稿を郵送してください。あるいはここに持ってきてください。ミス・ヘンダーソンに預けてもらえば、じっくり拝見させてもらいますよ」

「でも、それじゃあ、時間がかかるでしょう」ジョニーは食い下がった。「今から、おれが……」

「わかりました」マードックが言った。「このデスクに百ドル置いていってくれれば、取引成立ですよ」

「百ドルだって？　それはなんのための？」

「曲のためですよ。それだけの費用がかかるんです」

「でも、取引は五分五分……」

「あなたは取引したつもりでしょうが、わたしは了承していない。百ドルは……」

「印税は折半できないということか？」

「印税は折半することになりますよ」マードックが言った。「でも、その前に百ドルかかるんです」

ジョニーはサムのほうを見た。「おまえなら、どうする、サム？　彼に百ドル渡すか？」

「今？　そんな金ないのは……」

「そのとおりだ、サム」ジョニーが即座に言った。「じっくり考えなくちゃならん。百ドルといえば大金だからな。株をいくつか売っぱらわなくちゃならないだろうし……」

「そんなことはしたくないんだろう、ジョニー」

急に新たなカモのにおいを嗅ぎつけたのか、マードックがぞんざいに咳ばらいをした。「あのですね、アル・ドネリーのことを聞いたことはありますか？」

「聞いたことがない奴がいるのか？」とジョニー。

「そうだ、聞いたことがない奴なんているのか？」とサムも繰り返す。

「この前の曲で彼は二万ドル稼いだんですよ」

「二万ドル」サムは鼻息を荒くしたが、我に返った。「おれには歌詞がある。ということは……歌で十万ドル稼いだという話を聞いたことがあるぞ」

「だから、百ドルは大ヒットさせるためなんですよ」

「《エセル》が大ヒット曲の仲間入りするかもしれないな」とジョニー。

マードックは肩をすくめた。「おっしゃるとおりでしょうが、わたしが提案しようとしているのは、あなたがたの歌詞をアル・ドネリーに託してみたらどうかということなんです。彼に曲をつけてもらうんですよ。どうでしょう？」

「そりゃ、いいな」すぐにジョニーが答えた。

サムがなにか言おうと口を開けたが、ジョニーが近寄ってサムの脛を軽く蹴った。サムは慌てて口を閉じた。

「アルはわたしの友人でしてね」マードックが続けた。「今、百ドルお支払いいただければ、わたしがアルに歌詞を橋渡ししますよ。彼はわたしにいくつか借りがありますからね。アルがその……《エセル》でしたっけ？　その歌詞に曲を書いてくれれば、あなたは大金持ちへの中間地点まで来たも同然ですよ」

「うわっ、それはすごい」ジョニーが感極まったように言った。「お言葉に甘えますよ」そして、ズボンのポケットに手を突っ込むと悔しそうに声をあげた。「しまった。金を家に置いてきちまった。サム、おまえ百ドル持ってないか？」

「おれが？　あるわけないのを知ってるだろう……いや、そんな大金は持ち歩かないようにしてるんだ」

「それなら、また戻って来なくちゃならないな」ジョニーはマードックを指さした。「一時間待ってくれないか、ミスター・マードック。一時間でまた戻ってくる。《エセル》の歌詞と百ドル持ってね」

マードックの顔に失望が見えた。「わかりました。一時間ですね」

ジョニーは踵《きびす》を返してオフィスを後にした。待合室でまたもや秘書にウィンクした。「おれたち、一時間以内に《エセル》と一緒に戻ってくるよ」

ミス・ヘンダーソンは相手を縮み上がらせるほどの怖い目でジョニーを見たが、そのままマードックのオフィスの中へ姿を消した。ジョニーたちはドアを閉めてスイートを出た。

外の廊下で、サムがジョニーの腕をつかんだ。「ジョニー、あの野郎に百ドル渡すつもりなのか？ありゃ、いかさま野郎だぞ……」

「もちろん、悪党だよ。アル・ドネリーって奴もな、ふん」

「は？　アル・ドネリーなんて、本当はいないんじゃないのか」

「サム」ジョニーが辛抱強く言った。「未来のヒット曲の所有者として、ライバルについて少しは通じていたほうがいいぞ。アル・ドネリーという奴が実際にいるということだけじゃなくて、ここ数年の大ヒット曲のいくつかはそいつが書いてるってことを」

「曲だけは聞いたことがあるさ」サムがむきになって言った。「誰がその曲を書いたかなんて、気にしないからな」

「今からは気にしたほうがいいぞ」

「《アップル・タフィ》はおれたちを金持ちにしてくれると思うか？」

「それが唯一の頼みの綱なんだよ」

「へ？」

「おれたちが手にできる唯一の曲かもしれないんだぞ。《アップル・タフィ》がうまくいかなかったら、ほかになにが成功するのかわからない」

「おれにもわからないよ、ジョニー」サムが不安そうに言った。「考えてたんだけどさ、おれたちの仕事は本を売ることだろう。こんな作詞作曲ビジネスは、おれたち向きじゃないんじゃないか」

「おれたちは金に困ってるんだぞ」ジョニーがきっぱり言った。「モート・マリはこれ以上、ツケでおれたちに本をさばかせてくれないだろう。まあ、滞納している家賃を払うくらいの余裕ならあるんだがな」

「ピーボディはこの一週間か二週間は、とりあえずおれたちを追い出すような真似はしないだろう。いつだってあんたが三週間はうまいこと時間稼ぎしてきたしな」

「おい、忘れたのか。おれは奴をだまくらかして現ナマ二十ドル巻き上げたんだぞ。奴が冷静になってとことん考え始めたら、めちゃくちゃ激怒するだろう」ジョニーは首を振った。「おれたちはもう引っ込みがつかなくなっちまったんだよ、サム。ウィリー・ウォラーを殺した奴を本当に捕まえなきゃならない」

「これまでの経験から、あんたが探偵ごっこに首を突っ込んだときは必ず、おれはどこかで鼻っつらにパンチをくらうことになるんだ」サムが嫌な顔をした。「昨夜のあの野郎だって、おれに一発ぶちこんでいたかもしれない。あんないかれた野郎は見たことがない」

「それで思い出した」ジョニーが言った。「奴はこの近辺をうろついているんだろう。誰かが奴のことを知っているかもしれない。きっとそうだ。うぅん……」

「うぅんって、なんだ？」

「〈ソーダスト・トレイル〉だ」

サムが身震いした。「あそこはぞっとするよ」

「それを克服するのに一番いい方法はあえて立ち向かうことだ」

「どうやって？」

ふたりは、四十五丁目に向かっていた。

「振り出しに戻るのさ」ジョニーが言った。

「嫌だ、嫌だよ！」

ジョニーはそれ以上なにも言わなかった。〈ソーダスト・トレイル〉に着くと、そのままさっさと中に入っていった。サムはのろのろついていったが、しかたがなくジョニーの後に続いた。

第九章

午前半ばだったが、常連がひとり、バーの端に座っていた。バーテンがグラスを磨いていたが、ジョニーとサムの姿を見ると嫌な顔をした。

「ビール二杯」ジョニーがにこやかに注文した。

「ありなし、どちらで?」バーテンがぶっきらぼうに言った。

「なにを?」

「毒!」

「おれは危険な生き方が好きなんだ」とジョニーが言い返す。「なんでも、どんと来いだ」

バーテンがビールを注ぎに行った。サムが耳障りな声でジョニーにささやいた。「あいつが本気だったら、どうするんだよ?」

「彼はわざわざそんなことはしないさ」ジョニーが答えた。「事件から、まだ二日もたってないんだぞ。まさか、続けて毒殺はまずいだろう。なあ、まずはおまえが先に飲めよ。もし、毒が入っていたら……」

「やめろよ、ジョニー」

バーテンがふたりの前にビールをふたつ置いた。「五十セントです」

ジョニーは五十セント硬貨をマホガニーのカウンターに滑らせて、グラスを取り上げた。

「一気にいこうぜ、サム」

だが、サムはグラスを手に取ろうとしなかった。ジョニーは自分のグラスを取ると、うまそうに泡を吸い込み、ごくごく飲んだ。サムはそれを心配そうに見ていた。

「大丈夫か？」

「べつに」ジョニーが答えた。「この手の安酒場の中で飲める一番の酒だと思うぜ」

「うちのビールがお気に召さないなら、どこへでもなんなりと」バーテンが言った。

ジョニーはくすくす笑った。「先生はどこにいるんだい？」小さなピアノのほうを示した。

「余計なお世話ですが、昼まで来ませんよ」

「ここに一曲あるんだけど」ジョニーは楽譜を取り出しながら言った。「先生に意見を聞きたいと思ってな」

バーテンは小ばかにするように鼻を鳴らした。「キャシディに音楽がわかるんなら、ここでピアノなんか弾《ひ》いてないいんじゃないですかね」

「そうかもしれないが、おれが知ってる音楽家は彼だけなんだ」

「昨日はウィリー・ウォラーとかなり親しいようでしたけど」バーテンは責めるように言った。

「実は彼のことはほとんど知らないんだよ」ジョニーが言った。「たまたま同じホテルで暮らしていただけでね、そう、昨日、同じクラップスゲームでふたりともすっからかんになっちまったのさ」

「クラップスゲーム？」

「ホテルで胴元モーリーがやっているゲームだ」

バーテンは一瞬ためらってから、首を振った。「聞いたことありませんね」

「だろうな。おれだって初耳だ。あんたみたいないい奴がモーリーにカモを斡旋するわけないしな」

「わたしを責めてるのですか？」

「ちょっとした質問をしているだけだよ。それだけさ」

「昨日、警官に長々とたっぷりしぼられましたからね。ビールを飲んだら、出て行ってください」

「あとひとつだけ……」

「嫌です！」

「どこへ行けば、キャシディをつかまえられる？　ピアニストの？」

「いいかげんにしてくださいよ！」

ジョニーはサムのほうを見た。サムは、まだ自分のビールを飲んでいなかった。「さっさと飲んじまえよ、サム。もう一杯行くぞ」

「別の店でどうぞ」バーテンがかみついた。

「ここはみんなのバーじゃないのか？　おれたちが落とす金は、ほかの連中の金と同じようにクリーンだぜ。そうじゃないと言うんなら、ターク警部補に訊いてみようか。彼のことは覚えているだろう？　胴元モーリーの話にもなるかもしれないな……」

「そんなことをしたら、イーストリバーを探ることになるでしょうね」

ジョニーは嬉しそうに微笑んだ。「で、キャシディの居どころは……」

「通りの向こうの〈マンガー・ホテル〉ですよ」バーテンは吐き捨てるように言った。「これくらいで、もう勘弁してくださいよ」

ジョニーは軽やかに椅子から下りた。「行こうぜ、サム。今朝は喉が渇いてないようだな」

サムは待ってましたとばかりに後に続き、外に出ると言った。「気分が良くないんだ、ジョニー。ホテルに戻って頭痛薬を飲むよ」

「怖気づいたのかよ」ジョニーがバカにするように言った。

「おれは世界中のどんな男だってぶちのめせる」とサム。「それは、あんたもわかっているだろう。グローブをはめてようが、素手だろうがね。取っ組み合いだっていいさ」サムはそう言ってからはっとした。「だが、毒だけはだめだ」そして咳払い。「それに、あんたも知ってるとおり、ハジキも嫌いだ」

「おれだって嫌いなものはたくさんあるさ、サム」ジョニーが言った。「だけど、やるべきことはやらなくちゃいけないんだ。今すぐに、ピアニストのキャシディと話さなくちゃいけない。彼は、おまえが会った傷男のお友だちを知っている。それにあのバーテンもだ。だが、奴はキャシディより手強い。あのピアノ弾きは昨日はやけにビビりまくってた」

「やっぱり、そう思ったか、ジョニー?」サムが言った。「おれも怖いんだよ」

「おれだってそうさ」

すでにふたりは通りを渡って、〈マンガー・ホテル〉に向かっていた。そんなものがあるとすればだが、まさにネズミの巣窟のような宿だ。それに比べれば〈四十五丁目ホテル〉は、高級ホテルの〈ウォルドルフ・アストリアホテル〉といっていい。

外に出ているホテルのサインには〝一日最大一ドル〟とある。

狭いロビーが長距離バスの停留所代わりになっていた。その向こうには長さ四フィート（百二十センチ）のデスクがあって、不機嫌そうなフロント係が座っていた。

ジョニーは思いっきり横柄な態度を装って、デスクに近づいた。「キャシディの部屋はどこだ？

ピアノ弾きの。立てこもっているのか？」

フロント係はうさんくさそうにジョニーを見た。「彼がなにかしでかしたんですか？」

「たぶん、なにもしていない。あんたを悩ますようなことはなにもしていないさ。部屋はどこだ？」

ジョニーの口調は、まるで警官のようだった。そばにいるサムのたくましい体つきのせいもあって、ますますそれらしく見える。フロント係は肩をすくめて言った。「二一〇号室ですよ」

二一〇号室は階段を上がったすぐ正面にあった。ジョニーとサムはわざと足音をたてて上に上がった。ジョニーが、二一〇号室のドアを叩いた。

「おい、キャシディ、開けろ！」ジョニーが呼びかけた。

返事はなかった。ジョニーがドアノブをつかんでガチャガチャいわせると、ドアは簡単に開いた。

ジョニーは一瞬ためらってサムの顔を見てから、中へ足を踏み入れた。

が、すぐに足を止めたので、後ろから来たサムがぶつかった。

「いったい何……」サムは言いかけて、ジョニーの肩越しに部屋の中をのぞき、低く恐怖の声をあげた。

ジョニーは後ずさりして部屋を出た。サムは真っ先に階下へ降りて、正面ドアのところで待っていた。ジョニーは下へ降りてくるなり、デスクに向かった。

「彼はいましたか？」フロント係が訊ねた。

ジョニーはうなずいた。「警察を呼んでくれ」

「あなたが警官では？」フロント係が言った。「彼がどうかしましたか？」

「ああ」ジョニーが答えた。「死んでるみたいだ」


タ－ク警部補との会話は決して順調とは言えなかった。とはいえ、警部補はふたりがキャシディを殺したと疑っていたわけではない。〈マンガーホテル〉の客室係が、ふたりには殺す時間はなかったと証言したし、警察の救急車両が到着する頃にはすでに血は固まっていた。キャシディが死んだのはふたりが遺体を見つける、少なくとも二時間ほど前だと思われた。

警部補をもっとも悩ませたのは、ジョニーとサムがふたつの殺人になぜ興味を示すのかということと、彼らと犠牲者との関係だった。それに昨夜、サムが顔に傷のある男を見たことを説明したが、警察に通報しなかったことも解せなかった。

警部補はすべてがまったく気に入らなかった。サムを厳しく怒鳴りつけ、ジョニーにも辛辣な言葉を投げつけたが、結局はたっぷり脅しをかけただけで、ふたりを解放することになった。

「わたしは警察の仕事でメシを食っている。殺人を捜査するのがわたしの仕事だ。今度また、おまえたちがわたしの仕事に首を突っ込むようなことがあったら、立ち上がれないほどたたきのめして、おまえたちがどの独房にぶちこまれたか忘れるくらい長い間、臭いメシを食わしてやる。わかったか、フレッチャー？」

「りょーかい」ジョニーが答えた。

外に出ると、サムがジョニーに言った。「なあ、少なくともおれたちが探偵ごっこしなくて済むってことだよな」

ジョニーはそれに対してなにも答えず、道路を渡った。サムがジョニーの腕をつかんだ。「なあ、そうなんだろう、ジョニー？」

ジョニーが相変わらずだんまりのままだったので、サムは絶望的なうめき声をあげながら、ジョニーの隣に並んだ。

ふたりが〈四十五丁目ホテル〉に入っていくと、ロビーでエディー・ミラーが踵を鳴らして気をつけの姿勢をとった。

「ミスター・フレッチャー！」

「どうした、エディー？」

「たいしたもんですね、ミスター・フレッチャー。ホテルじゅうで噂になっていますよ。どうやってピーボディから金を巻き上げたんです？　その武勇伝を孫の代まで話してやるつもりですよ」

ジョニーはにやりとした。エディーに向かってウィンクすると、敬礼じみた仕草をして、エレベーターに乗り込んだ。エレベーター係はずっと直立不動で、八階でふたりが下りるとき、誇らしげに声をかけた。「ありがとうございます、ミスター・フレッチャー！」

ジョニーは八二一号室のドアに鍵を差し込んだが、すでに開いていた。肩越しに振り返ってサムがすぐ後ろにいることを確かめると、勢いよくドアを押し開けた。

モーリス・ハミルトンが部屋の隅にひとつしかない肘掛け椅子に、ドアのほうを向いて座っていた。

「ハイ、遊び人たち」モーリスが挨拶した。

「誰に入れてもらった？」ジョニーが訊いた。

「メイドだよ」モーリスが答えた。「彼女の馬券を予約してやったんだ。というか、おれが馬券を扱ってるのを知らなかったっけ？」

「あんたが、配当金をちゃんと支払わないってことだけは知ってるよ」ジョニーがぴしゃりと言い返した。「痛い授業料だったよ」

「負け犬の泣き言はさんざん聞かされてきたからな」モーリーが言った。「だが、あんたは勝ち組のくせに文句ばっかり言っている」

「上の階でやってるゲームでおれから巻き上げたじゃないか」ジョニーが反論した。「どうして、おれが勝ち組だと思うんだ？」

モーリーはサムのほうを示した。「彼が勝っただろう」

「それで？」

モーリーは椅子から立ち上がった。「あれはおれのゲームだったんだぜ。おれのゲームでは誰も勝てない。勝つのはおれだけだ」

「ちょっと待った！」ジョニーが叫んだ。「人の話をよく聞けよ」

「おまえこそ、よく聞け」モーリーが言った。「話すのはおれだ。おれはおまえらがあのゲームで勝ち取ったものが欲しい」

「勝ったのは、四十ドルだぜ」サムが言った。「それを、おれからふんだくろうってか？　やるなら、やってみろ」

「四十ドルなんか、くそくらえだ。それはとっとけよ。ほかにもせしめただろう」

「あの曲のことか？」ジョニーが叫んだ。

「ビンゴ！」とモーリー。にこやかに笑って部屋じゅうを示した。「見たところ、ここにはないようだがな」

「宝石類は部屋《ここ》には置いておかない主義なんでね」ジョニーが言い返した。「チェース・ナショナル銀行ウォールストリート支店にある、おれたち名義の貸し金庫の中だ」

「わかったよ、フレッチャー」とモーリー。「おまえってやつはたいしたタマだぜ。おれはおまえのことはよく知っている。おまえお得意のジョークは、相変わらず笑わせてくれるぜ、ハハ。それはさておいて、話をもとに戻そうぜ。おれはあの楽譜が欲しいんだ」

「あんたはあの場にいた」ジョニーが言った。「ウィリー・ウォラーがあの曲に五十万ドルの価値があると言っていたのを聞いていたな」

「あのガキは酔っぱらってたがな」

「そうだよ、それで少し大げさに言ったんだ。五十万もの価値はない。いくらくらいかな？　一万くらいか？」

モーリーはジョニーからサムへ視線を移し、またジョニーを見た。「ふざけるのも、ほどがあるぞ」

「誰がふざけてるって？」ジョニーが訊いた。「サムが曲を勝ち取ったんだ。正々堂々とな」

「そうさ」サムも言った。「四十ドル投資したんだ」

「確かに一理あるな、でかいの」モーリーが言った。そして丸めた分厚い札を取り出すと、二十ドル札を二枚抜き取った。「ここに四十ドルある。これ以上、もうなにも言わん。あの曲を渡してくれりゃあ、それで話は終わりだ」

ジョニーは首を振った。

「ボーナスをやるぞ」モーリーが言った。「今日の午後、四番目のフラターウィングを買え。ほかにもうひとりが賭けるだけだから。彼女ががっぽり儲けてくれるぞ。わかったか？」

「だめだ」ジョニーが言った。

モーリーはまたジョニーからサムに視線を移し、再びジョニーを見た。「本気《まじ》か？」

「嫌だね」ジョニーが言った。

「嫌だね」サムも言った。「おれはあの曲が好きなんだ」

モーリーは深く息を吸うと、ヒューと音をたてて吐き出した。「おまえら」そして穏やかに諭すように言った。「食えねえコンビだな。はぐらかし方を知ってやがる。おれが馬券の元締めだってことはわかっているだろう……」

「ピーボディは知ってるのか？」ジョニーが訊ねた。

「ピーボディだって！」モーリーはバカにするように言った。「ピーボディって誰だ？」

「このホテルの支配人さ」サムが答えた。

「それなら知ってるさ。だが、それがなんだってんだ？　言っとくが、おれが賭け帳を動かしてんだぜ。ちゃんとした合法な賭け帳をな。それがどういう意味がわかってんのか？」

「確かに」とサム。「あんたが馬券を取り仕切ってるな」

モーリーは癇癪を起こしそうになるのを賢明に抑えた。「この町でひとりで賭け帳を仕切ってる奴はほかに誰もいない。誰でも知ってることだ。おまえたちだってわかってるし、おれも知ってる。だから払うんだ、いいな？」

「いくらだっけ？」ジョニーが訊いた。

「いいかげん、ジョークタイムは終わりにしようじゃないか。おれは包み隠さず、正直に話をしてるんだ。若い連中はトラブルが好きなわけじゃないが、奴らにはトラブルがつきものだ。おまえたちは、おれに金の借りがある。おれはただ、それを払うように言っているだけだ。おまえたちが払わないというなら、おれは電話するしかない。それなら払うか、ん？」

「わかったよ」ジョニーが言った。「だが、あんたが言ってるのは、馬の話だろう？　クラップスじゃないよな」

「みんな同じだよ。おまえは負けたんだから、払うんだ」

「サムは負けてないぞ。彼は勝ったんだ」

「彼は勝つつもりじゃなかったものを勝ち取ったんだ。だから、それを渡してくれればいい。それだけだ」

「渡さなかったら？」

「言っただろう。あんたたちのところにお客が来ることになる」

「歓迎するよ」ジョニーが言った。

モーリーは首を振った。「なあ、よく考えろよ、おまえら。正直、おれは電話なんかするつもりはないんだ……」そして腕時計を見た。「十二時までだ。自分の部屋にいるからな」

「いいさ」とジョニー。「そこで座って、永遠に待っててくれ」

モーリーは部屋を出て行き、ドアを閉めた。サムがなにか言おうとしたが、ジョニーはそれを制した。ジョニーは即座にドアのところへ行き、いきなり開けた。モーリーがドアのすぐそばにいた。

「鍵穴のところで聞き耳たててる奴は」ジョニーが言った。「自分の悪口を聞くことになるもんだぜ」

モーリーは首を振りながらエレベーターのほうへ向かった。

ジョニーはドアを閉めると、しばし待ってから、サムのほうを向いた。

サムは手前のベッドの前に立っていた。困ったような不安そうな顔をしていた。「誰がおれに会いに来るんだよ、ジョニー？」

ジョニーは肩をすくめた。「つまり、こういうことだ。おまえは胴元に金を借りてる……」

「そんなこと、してない！」

「仮の話だよ。おまえが借金していたとして、おまえが返済を拒み、あるいは払う能力がないとなれば、誰かさんがおまえのところへやってくる。借りがある胴元じゃなく、つまり、取り立て屋が何人かな」

ようやく、サムもピンときた。「おれが分割払いで買ったギターを回収しようとした取り立て屋がいたのを覚えているか？　あのときは奴から三回中二回抑え込み《フォール》を決めてやったぜ……」

「今度来る連中は、おまえにレスリングをしかけてはこないと思うぜ、サム」ジョニーは、素早く両手で銃を構える仕草をした。「手ごわいブツを使ってくるぞ」

サムが言った。「おれもそう思ったよ、ジョニー。とすると、ここでずっとくすぶってる理由はなにもないんだろう？」

「ないね」ジョニーが答えた。「金のこと以外はね。金がない……」

「あちこちで本を売りさばいてきたじゃないか、ジョニー。この時期の西部はいいぞ。それにカナダの夏も悪くない」

「サム」ジョニーが考えこみながら言った。「一度でも金のいいにおいを嗅いだことがあるか？　この世に金ほど芳しいものはない。うぅん、金だ！　十ドル札、二十ドル札、五十、百……」

「金なら、あったじゃないか」サムが皮肉っぽく言った。「すぐに、なくなっちまうけどな」

「それは本当の意味での大金を手にしたことがないからだよ。だが、なんだかおれたちに運が向いてきそうな妙な予感がしているんだ。昨夜、おまえがあの曲を勝ち取ってからな、サム。どうも、金のにおいがぷんぷんしてる。大金のな……」

「本当に、あの曲にそんな価値があると思ってるのか、ジョニー？　おれが今考えているのはな、今すぐにあれを売っ払っちまうことだ。ウィリー・ウォラーが対抗してきたのと同じ四十ドルで」

「たぶん、あれはそれぐらいの価値なんだろうな。だが、おれたちにはわからない。わかっているのは、あの胴元モーリーがあの曲をやたらと欲しがっているということだ。おれたちがやるべきことはあの曲の本当の値打ちを知ってる奴と話すことだ」

「誰だ？」

「マードックが言ってた奴は、なんていった？」

「アル・ドネリーか？」

「そう、アル・ドネリーだ。彼はソングライター業界ではトップクラスのひとりだそうじゃないか。奴にあの曲の価値を聞いてみようじゃないか？」

「マードックもそうしたがってたな……」

「マードックはおれたちにはとても払えない百ドルを要求した。奴をすっとばして、直接ドネリーに会ったって困らないだろう？」

「奴の住処を知らないぞ」

ジョニーは電話のところへ行くと、マンハッタンの分厚い電話帳を取り上げた。Dの項目を見つけ、

A・ドネリーを探した。アルバートが四人、アルフレッドが三人いたが、愛しのアルはひとりもいなかった。

ジョニーは電話帳を放り投げると、思い出したようにポケットに手を突っ込んで、『ショーマン』の切り抜きを取り出した。「〈ランガー出版社〉か」ジョニーは言った。「ここなら、アルの住所を知っているだろう」そして電話に手を伸ばした。だが、すぐに首を振った。

「時間の無駄だ。奴らはすんなりと住所なんかおしえてくれないだろう。来いよ。直接押しかけて、礼儀正しく訊ねてみようぜ」

第十章

ジョニーとサムはホテルの部屋を後にすると、四十五丁目の通りを七番街に向かって歩き始めた。七番街の手前にある店の前を通ったとき、ウィンドウに大きな広告が出ていて、そこには大きな文字でこう書かれていた。

『いたずら、マジック、ゲームで、友だちと盛り上がろう』

サムに向かってにやりとすると、ジョニーはその雑貨屋に入って行った。サムもすぐにその後に続いたが、さまざまな装置や仕掛け類を見ているうちにたちまち迷ってしまった。ジョニーはすんなりと目当ての物を見つけた。本物そっくりに見える法律書類だ。折りたたんであり、〝召喚状〟という文字がはっきり見える。その下には小さな文字で『この召喚状を受け取った者は、十八歳から二十一歳の〝女の子たち〟を、じっくり調べる権利がある』という趣旨のことが小さくタイプされている。女の子はブロンドに限定するが、召喚状を持っている者は、ブルネットや赤毛、そしてグリーンの髪の子も調べなくてはならないとのことだ。

「君のタイプライターを使わせてもらってもいいかな?」ジョニーが店員に訊いた。「いかにもホンモノに見えるようにしたいんだ」

「これは、あくまでも遊びですからね」店員は注意した。「実際に使うのはダメですよ」

「パーティで使うんだ」ジョニーが言った。「名前をタイプするだけだよ」

「なんていう名前ですか？」

「アル・ドネリー」

店員は偽召喚状を受け取ると、旧式のポータブルタイプライターに差し込んで、二本指でアルの名前をタイプした。

「どういう意味です？」

さらにジョニーが頼んだ。「名前の下に〝および、その他《et al》〟と入れてくれ」

「どうでもいいだろう？　法律書っぽく見える。ただそれだけさ」

店員はラテン語のフレーズを加えると、タイプライターから用紙を引き抜いた。

「用紙が五十セント、タイピングが二十五セントです」

ジョニーは顔をしかめながら、言われた金額を支払った。

サムがブリキのニセバッジの陳列棚を離れてやってきた。「なにを買ったんだ？」

ジョニーが召喚状を見せると、サムはビビった。

「奴をしょっぴくのか？」

「もちろん、そんなことはしない。奴の住所を知るための悪ふざけさ」

通りに出ると、ふたりは北へ向かい、数分後にはバーリー・ビルへ入っていった。ランガー出版社はワンフロア全体を使っているようで、四階で下りると、それが正しいことがわかった。

魅力的なブロンド美人が受付の向こうに座っていた。訪問者が二、三人、あたりをうろうろしている。ひとりは脇にコントラバスを抱えて立っていた。

ジョニーは受付嬢に声をかけた。「アル・ドネリーに会いたい」

「彼はソングライターなので」受付嬢が言った。「ここでは働いていません」

「ここだと言われて来たんだが」ジョニーが厳しく言った。

「当社は彼の曲を出していますが、本人はここにオフィスがあるわけではありません」

ジョニーは険しい表情をした。「どうしたら、彼に連絡がつく?」

「メッセージを残してくだされば、申し伝えます」

「それはまずい」ジョニーは言った。「じかに本人に伝えなくてはならないんだ」

「直接、本人にな」サムが同調した。

「残念ながら、お役にたてません」受付嬢がきっぱり言った。

「彼の住所をおしえることならできるだろう」

「とんでもありません」

「そうかな?」ジョニーはそう言うと、ポケットからニセの召喚状を取り出して、細かい字は見えないが〝召喚状〟という文字だけはわかるくらいの絶妙に離れた距離でそれを受付嬢に突きつけた。

召喚状という文字を見て、受付嬢は椅子を後ろに引いた。「ちょっとお待ちください」

受付嬢は立ち上がると、ドアから出て行った。コントラバスを抱えた男がぶらぶらと近寄ってきた。

「召喚状か」ジョニーが持っている紙をちらりと見て、男は言った。「アル・ドネリーだって、え?いい人なのに、こんなことありえないな」

「彼を知っているのか?」

「知ってますとも。でも、向こうはぼくのことは知らない。彼には何度もコーヒーとケーキ代をふんだくられましたよ。でも、彼は大物《ビッグ》になっちゃったから、通りで会っても、向こうはぼくに気がつかないでしょうね。彼は金絡みで訴えられたんですか？」

ジョニーはうなずいた。

「ほお、やっぱりねえ」

受付嬢が一枚の紙を持って戻ってきて、それをジョニーに渡した。そこには〈スカイラー・アームス〉と殴り書きされていた。

「ここで聞いたことにしないでくださいね」受付嬢が言った。

「本人に召喚状を手渡すときに、そう言っておくよ」

受付嬢は腰を下ろそうとしていたが、その言葉に慌てふためいた。「だめです。会社の名前は出さないでください。そんなことをしたら、彼に疑われます」

ジョニーは受付嬢に向かってにやりとすると、エレベーターのボタンを押した。

第十一章

〈スカイラー・アームス〉の支配人はモーニングコートを着て、ストライプの入ったズボンをはいていた。そのアクセントは明らかにボストン訛りだ。ジョニーはひと目で彼を品定めし、大金持ちにありがちな無頓着な調子でいこうと決めた。

「寝室がひとつの簡素な部屋を頼みたい。小さな隠れ家みたいなね。ここにはせいぜい週に二日、おそらく三日くらいしか泊まらないから、持ち物はそれほど多くない。週末は田舎の別荘で過ごす予定なんだ。わたしの秘書のミスター・クラッグは行ったり来たりするだろうがね」

「かしこまりました」支配人はとりすまして言った。「十階に家具つきのすばらしいお部屋がございます。眺望も見事ですよ」

ジョニーは口を開いた。「眺望は問題だな。窓の外を眺めている時間は無駄になる。それに、エレベーターで長いこと上り下りするのもいかん。もっと低層階で、そうだなぁ、三階くらいで部屋はないかね？」

「そうですね」支配人は言った。「たまたま、三階にこじんまりした部屋がございますが、ひとつ難がありまして」

「それはなんだ？」

「実は、お隣りにソングライターの方が住んでおられまして。その方はかなりの有名人なのですが、前のテナントの方から苦情が出まして。つまり音楽です。前の住人の方は大の音楽嫌いでして……」

「わたしは、オペラ愛好家なんだ」とジョニー。「バレエも大好きだ。隣に音楽家が住んでいても構わない」

「ミスター・ドネリーがオペラを書いているとは思えませんが」支配人は歯切れが悪かった。

「その人が有名人なら、きっとすばらしい音楽を作るに違いない」ジョニーは言い切った。「そう、わたしは彼が音楽を奏でることに反対しないよ。実際、音楽が刺激になることもあると思っているからね。それで、いくらだね？」

「ええと……二百二十五ドルです。リース契約ですと、おそらく……」

「いやいや、金額はまったく問題ない。わたしはむしろ、リース契約にはしたくない。冬の間は、ジョージアで短期間過ごすかもしれないのでね。それに、ケベックでのウィンタースポーツもある。サミュエル、ミスター・ホルシューに差し上げてくれないか？　最初の月の賃貸料の小切手を？」

サムは思わず息をのんだ。慌てて胸のポケットに手を突っ込んだが、当然のことながらなにも出てくるはずはない。「急なことで驚きましたよ、ミスター・フレッチャー。小切手帳を置いてきてしまいました。ええと……田舎の別荘に」

「おやおや、これははっきり言ってまずいことだな。どうやら、わたしも財布をクラブに置いてきてしまったに違いない。ひとっ走り行って、取ってきてくれないか。ううん……」ジョニーはポケットを探ると、五ドル札を引っ張り出した。「はした金しかないが、これを受け取ってくれ、ミスター・ホルシュー、契約のための手付けといったところだ」

「おお、これはこれは、ミスター・フレッチャー。こちらでのご滞在をお楽しみください」

「きっと、楽しめるだろうな。すぐ隣の部屋から心癒される音楽が聞こえてくるわけだし。あ、そうだ！　実は今、大変疲れていてね。なにはともあれ、すぐに部屋に入って、数時間、仮眠をとりたいんだ。昨夜は大盛況でね。わかるだろう？」

「もちろんです。鍵はこちらです、サー。ボーイを呼んで、ご案内させます」

「その必要はない。自分で行くよ。サミュエルが後でカバンを持ってきてくれるだろう」

支配人はセルフサービスのエレベーターまでジョニーたちを案内し、二人が乗り込むまで待っていた。エレベーターのドアが閉まると、サムが不満をもらした。

「秘書って、どういうことだよ！　小切手帳だと！」

ジョニーはにやりとした。「あいつに五ドルやったから、いいだろう？」

ふたりは三階でエレベーターを降りると、難なく3Cの部屋を見つけた。居間と浴室つきの寝室があるだけのホントにこじんまりした部屋だった。

どちらかというと女性向きの内装だったが、支配人から聞いていたため、ジョニーはとくに驚かなかった。ただひとつの難は壁がとても薄いことだった。前の居住者が出て行ったのもよくわかる。壁の向こうから音楽が聞こえてきたが、それは明らかにオペラ音楽ではなかったし、穏やかでゆったりした心癒される音楽でもなかった。

はっきり言って、とにかくガンガンと音が大きく、声も張り上げていて騒がしく耳障りだ。

「おい、おい。あれを聞けよ」ジョニーが言った。

「忠告されたのに、音楽好きだなんて言ったのはあんただろう」とサム。

「あれが音楽といえるか？」

ジョニーは壁際に行って拳で叩いた。が、音楽がやむことはなかった。少しして、壁の向こうの誰かが叩き返してきた。

ジョニーはサムに向かってにやりとした。そして両の拳で壁を叩いてわめいた。「静かにしろ、この野郎！」

すると、壁の向こうも両の拳で返してきた。

ジョニーは片方の靴を脱ぐと、つま先をつかんで、踵のほうで激しく壁を叩いた。すぐに反応があった。今度は、数人分の拳、ひとりかふたりの女性のヒールで応酬してきた。

「大いにけっこう、サム」ジョニーが叫んだ。「直接、隣の部屋に乗り込んで、はっきり言ってやろう」

「そうくると思ったよ」サムも吠えた。「よおし、ここからが本番だ。鼻っ面にパンチをお見舞いしてやる。一石二鳥だぜ。プロボクサーが何人かいるだろうしな……」

「サム」ジョニーが妙に深刻な顔をして言った。「正義は正義だ。おれたちは正しい。連中は、前の住人を追い出したが、おれたちは追い出すことはできないだろう」

「そうさ。もちろん、そんなことはできない！」

ジョニーは隣のドアへ向かった。これから起こるだろう騒動のことを考えながら、サムも厳しい顔つきでその後に続いた。

ジョニーは3Bの部屋のドアの前で足を止めた。ブザーを押し、もう一度押すと、ドアが開いた。

蚊トンボのように痩せた、短い髭を生やしたびっくり眼《まなこ》の男が、不審そうな目でこちらを見た。

「なにか?」

「新しく隣りに入った者なんだけど」ジョニーはいちおう愛想よく言った。「ちょっと音が大きすぎやしないかと思うんだが」

「そうかなあ?」びっくり眼《まなこ》が言った。「そんなにうるさいなら、自分が話してる声も聞こえないいんじゃないか?」

蚊トンボの背後に、黒髪を頭の上に結いあげたでっぷり太った男が現れた。

「なんか文句あんのか?」

「隣の者なんだが、騒音の苦情を訴えてたんだ」

「で? 言ってみろよ?」

ジョニーは脇にどいた。「おまえが言え、サム」

サムが受けて立った。「聞こえただろう。静かにしろ」

太った男がサムを品定めしたが、引き下がらなかった。「用心棒ってわけか、ふん? よお、筋肉野郎、ちょいと友好的なアドバイスをさせてくれ。おれたちは隣同士なんだから、お互い干渉するのはなしにしようぜ、え? おれたちはやりたいようにやるし、あんたたちもそうすればいい、な?」

「ああ、あんたが家主《ホスト》なんだな、え? あんたの名はドネリーだろう? いいか、ドネリー?」

ふいに、太った男の後ろからヴォーン・ヴァン・デア・ハイデが現れた。「あらあ、またしても驚かせてくれるのね。この人、とってもおもしろい人なの!」ヴォーンは、ジョニーを柄つきのオペラグラスで突ついた。「中に入って、また笑わせてちょうだいよ」

「ヴォーン」ジョニーは思わず笑った。「元気だったか?」

「ちょうど、パーティに退屈してたところなの。きっとあなたなら楽しくしてくれるわ」

「こいつを知っているのか、ヴォーン？」ドネリーが不機嫌そうに訊いた。

「もちろんよ、ダーリン。知らなかったら話しかけるわけがないでしょう。彼って、イケてるのよ。それに、すっごくおもしろいの……」

「入ってもいいかな、アル？」ジョニーが訊いた。「恨みっこなしだ」そして、太った男の脇をすり抜けて中に入ると、ヴォーンを抱きしめた。ヴォーンはうまいことそれに乗ってくれて、ジョニーにすがりつくと熱いキスを返した。

「あなた、アル・ドネリーを知っているの？」ヴォーンが訊いた。「彼、すっごいパーティを開くのよ」

「そりゃ、おれ好みだな」ジョニーが笑った。「どうだ、アル？　おれも明日パーティを開くんだ。さぞかし盛り上がるだろうな」

アル・ドネリーはじっとり湿った手を差し出した。「ほお、そうかい。あんた、なんて名だ？」

「言ったじゃない、ダーリン」ヴォーンが甘えた声を出した。「こちらは、ジョニー……メルツァーよ」

「フレッチャーだ。サム・クラッグと握手してくれ」

「ハイよ」とサム。

ドネリーはサムに手を差し出さなかった。「まあ、飲んでくれ」

「ビールよ」ヴォーンが言った。「彼はビールしか飲まないの」

「奢るときは奢るし、タダのときはタダで飲む」

「彼、おもしろいって言ったでしょ?」ヴォーンが言った。「彼の話を聞いてみて。なにをやってる人だと思う?　本を売ってるんですって」

「なにをやってるんだって?」ドネリーが訊いた。

「本を売ってる」

ヴォーンが楽しそうに声をあげた。「ね?　言ったとおりでしょ。彼、すっごくおもしろいの」そして、サムの胸をオペラグラスで突ついた。「それで、あなたはなにをしてる人なの、ミスター・スプラッグ?」

「ジョニーを手伝って一緒に本を売ってる」サムが答えた。

ヴォーンがまたサムを小突いた。「まあ、あなたも彼に負けないくらいおもしろいのね!」

「その小型望遠鏡はなんのためだ?」サムが訊いた。

「小型望遠鏡?」

サムがオペラグラスを示した。

白いジャケットを着たフィリピン人ウェイターが飲み物を乗せたトレイを運んできた。サムはグラスをふたつ取ると、ひとつを一気に飲み干し、空のグラスを戻した。

「食い物はないのか?」サムは言った。「腹ペコなんだ」

その言葉にヴォーンがまた高らかに笑い声をあげた。

ジョニーは折を見て、グランドピアノが置かれているところへ向かった。ピアノのまわりには、ほとんどの客たちが集まっていた。サムも飲み物を片手にその後に続き、ヴォーンもついてきた。

ピアニストはロックンロールを奏でていて、何人かの客が歌を合わせようとしていたが、あまり上手くなかった。

左隣にいたブロンドがジョニーの袖を引いた。「パーティにようこそ。あなた、この中で一番のハンサムよ」

「彼はあたしのものよ、ダーリン」ヴォーンがぴしゃりと言った。

ブロンドはヴォーンを無視した。「ここに住んでるの?」

「ちょうど引っ越してきたばかりなんだ」ジョニーが答えた。

「お金持ちなのねぇ。あなた、株の仲買人かなにかでしょ」

「彼は本を売ってるのよ」ヴォーンが口をはさみ、サムの腕をつかんだ。「ほら、この人の相手してあげて……」だが、ヴォーンはふと口をつぐんだ。その手はまだサムの筋骨隆々の腕をつかんでいる。

「あなたって……とってもたくましいのね」

「世界最強の男さ」ジョニーが言った。「ヤング・サムソン。息を吸い込んで胸板を広げるだけで鎖をぶっちぎっちまうんだ」

ヴォーンがサムの腕を曲げようとしてみたが、ビクともしない。「彼の言ってること、本当だわ。ミスター・スプラッグ、あなた、素手で鎖を切れるの?」

「どんなに太いやつでもな」サムが答えた。

ヴォーンがオペラグラスでサムの胸を軽く叩いた。「あなたも、お友だちと同じくらいおもしろい人ね」

「冗談だよ。さあ、もっとおもしろい話をしてやるよ」

サムはヴォーンの腰に手を回した。だが、ヴォーンは一瞬、その手をかわして、ブロンドにオペラグラスを突きつけて言った。「いいって言うまで、あの彼はまだ、あたしのものだからね」

ブロンドは言った。「ふん、勝手にすれば」

「あたしがいくまで、そこにいるわよね、ダーリン？」ヴォーンがすねたように甘い声を出すと、オペラグラスをたたんで胸元の深い谷間に突っ込んだ。

ジョニーには先の展開が読めた。そして大声で言った。「新曲をアルに歌ってもらおうぜ。どうだい、アル？」

「構わないさ」ドネリーが答えた。「どの曲？」

「《アイ・ラブ・ロリポップ》」ジョニーが言った。「前に聴いて、すばらしいと思ったんだ……」

ドネリーはヴォーンとブロンドを両脇に押しやると、ピアノのほうへ向かい、楽譜を探してピアニストに渡した。

「ピチカート気味で頼む、マイク」ドネリーが言った。

「よっしゃ、アル！」

ピアニストは、ほとんど楽譜を見なかった。ピアノの鍵盤をたたき始めると、ドネリーが叫び出《シャウト》した。大声を出すのにはうってつけの声で、やたら声を張り上げている。

〝大好きなロリポップ、甘くてとろける、ロリポップ……〟

「おい」サムが叫んだ。「あれは、おれの曲だぞ」

だが、誰もサムの言うことに注意など払っていなかった。ましてや、ドネリーが気づくはずもない。

客たちはドネリーの酒を飲み、料理を食べ、今はこぞってホストを賞賛している。一緒になって歌詞を口ずさみ、サムの抗議はその声にかき消されてしまった。

〝大好きなロリポップ、甘くてとろける、ロリポップ……〟

客たちは何度も同じフレーズを繰り返して歌った。ピアニストは、ますます激しくピアノをたたく。あまりにうるさくて、誰もブザーの音に気がつかなかった。たまたまドアの近くにいたフィリピン人ウェイターがドアを開け、マードックと秘書のミス・ヘンダーソンを中に入れた。

サムだけは曲を楽しむどころではなかった。まだ、抗議を続けていたが、ヴォーンがサムのたくましい腕に両手でしがみついていた。彼女もロリポップを歌っていたので、サムはその手をふりほどいて、人混みの中をジョニーのほうへと向かった。

「あれはおれの曲だぞ」サムはジョニーの耳元で叫んだ。「アル・ドネリーが盗作したんだ」

「もちろん、そうだろう」ジョニーはそう言いながら歌っていた。「〝大好きなロリポップ、甘くてとろける、ロリポップ……〟」

楽しいことにも必ず終わりがある。というわけで曲は終わった。部屋中で歓声があがり、男たちがドネリーの背をたたいた。

「あんたの最高の曲だよな」あちこちから喝采があがった。

「大ヒットソングだ！」などの賞賛。

「これほど最高の歌詞は初めて聞いたぜ」ジョニーが笑いながら褒めそやした。

「あれは、おれの曲だ！」サムが吠えた。

突然、静かになった。ドネリーがサムに面と向かった。「なんて言った？」

「おまえがおれの曲を盗んだんだ」サムはウィリー・ウォラーの楽譜を取り出した。「これとまったく同じだ。あんたは歌詞をロリポップに変えただけだ。おれの歌詞は〝甘くてとろける、アップル・

タフィー〟だ」

ドネリーはサムの手から楽譜をふんだくろうとしたが、サムはうまく逃げをうった。「厚かましいにもほどがあるぞ、この筋肉野郎め」ドネリーが怒鳴った。「おれのパーティに乱入してきて、挙句の果てはおれの曲を盗作しようってか?」

「おれが盗作だって?」サムが吠えた。「よっぽどの悪党だな。おれはこの曲をウィリー・ウォラーから正々堂々と手に入れたんだ」

「アル」マードックがとっさに声をかけた。「あんたに話したいことがあるんだ……」

「後にしてくれ、ベン」ドネリーが大声を出した。そしてまたサムに向き直った。「いったい、ウィリー・ウォラーって、どこのどいつだ?」

「アル」マードックが叫んだ。「やめろ!」

「社長の言うことを聞いて」ミス・ヘンダーソンが言った。

マードックが進み出て、冷ややかな目でジョニーを見た。「ここでいったい、なにをしている?」

「隣の部屋に住んでるんですよ」飄々としてジョニーが答えた。

「なにか、きな臭いぞ」マードックが苦々しく言った。「悪党のにおいがする」

「おれにもにおいますよ」ジョニーがぴしゃりと言った。「あんたがここに入ってきてからね」

「今朝、うちのオフィスに来ただろう」マードックはけんか腰で言った。「芝居をうったな。今朝も気に食わなかったが、今も気に食わない。あんたはいったい誰だ?」

「彼は本を売ってるのよ」ヴォーンが甲高い声で割って入った。

アル・ドネリーが急に意を決したように、ジョニーに向かって言った。「いいか、聞け。おまえはここに押しかけて来た。今度はとっとと消えやがれ」

「おれはただ、隣のよしみで挨拶に来ただけだよ」ジョニーが言った。「支配人に騒音の苦情を言ったっていいんだぜ」

「失せろ！」

「《エセル》を持ってね」ミス・ヘンダーソンが冷ややかに言った。

「おれの曲はどうなる？」サムが叫んだ。「おまえが盗んだ……」

ドネリーは相手も自分と同じようなたるんだ体だと見誤って、サムに一発くらわせようとした。その拳をサムは宙で受け止めてねじりあげた。ドネリーは体をVの字に曲げたまま跳ね飛ばされ、背中から床に倒れた。その風圧が感じられるほどの勢いだった。

「あんたの仕事は人の曲を盗むことかもしれないが」サムが言った。「おれの仕事は、そういう輩をぶちのめすことだ」

サムの間違いは、目の前の敵にばかり目を奪われていたことだった。マードックが背後からサムの首の後ろに一撃をくらわせたのだ。サムは前のめりになり、振り返ろうとしたが遅かった。ジョニーが間に入って、マードックの顎にきつい一発をくらわせた。

それから乱闘になった。部屋にいたドネリーの友人らしい男の客が六人、ジョニーとサムに詰め寄ってきた。

とはいえ、形勢は明らかだった。サムはひとりを軽いブローで突き倒し、もうひとりの顎に逆手チョップを叩き込んだ。三人目を左手でむんずとつかむと、万力のようなものすごい力で締めつけた。さらに、空いた手で四人目を張り飛ばして右腕で捕まえ、両腕で抱えたふたりを頭突きさせた。

ジョニーはというと、その間、残りのふたりを相手に闘《や》りあっていた。再びマードックを殴ったが意外にタフで、そのパンチによく耐えた。六人目がジョニーに襲いかかってきた。

どういうわけか、女たちのほうも大騒動になっていた。ヴォーンが男たちの乱闘に乗じて、拳でブロンド女を殴った。ブロンド女は大きく態勢を崩してべつの女性にぶつかった。女たち限定のちょっとした三つ巴の小競り合いが始まった。まったく関係ないのに、うずうずしていたほかの女たちの何人かが乱闘に加わり、今度はジョニーやサムを攻撃し始めた。ひっかいたり、蹴とばしたり、平手をくらわしたりと始末に負えない。

ジョニーはマードック相手にてこずっていたが、もうひとり、秘書のエセル・ヘンダーソンが割り込んできて、拳で激しい一撃をお見舞いしてきた。エセルがしていた指輪がジョニーを傷つけた。

「痛ッ！」ジョニーは思わず叫んで後ずさりした。

サムは頭突きさせたふたりを投げ捨てて手ぶらになると、マードックに向かっていった。マードックはサムの体つきを見ると、ひるんで身を引いた。

「ここを出よう」ジョニーが叫んだ。

そばに小柄なフィリピン人ウェイターが現れた。片手にウィスキーのボトル、もう片方の手に飛び出しナイフを握っている。そのままサムに向かって突進してきたが、サムは彼をかわして脇に退けた。ところが、ウェイターはくるりと向きを変えると、また向かってきた。

「来い、サム！」ジョニーは叫ぶと、ドアに向かった。

サムはウェイターを殴ろうとしたが空振りした。ウェイターはなかなか身軽な身のこなしでかわすと、ナイフで切りつけてきた。サムがウェイターの側頭部を平手打ちすると、小男は完璧に宙返りをして床を滑り、壁にぶつかった。

サムは手をはらうと、悠然とジョニーの後に続いた。

ジョニーはすでにドアを開けて待っていて、サムが廊下に出てくると、ドアを勢いよく閉めた。

「行くぞ」ジョニーはエレベーターのほうへ向かった。

「ちょっとしたウォーミングアップになったな」サムがぼやいた。

「サツが」ジョニーが言った。「大挙して押し寄せてくるぞ」

「おれたち、部屋に帰れないのか?」

ジョニーはにたにた笑った。「おれたちには五ドル分の価値はあったぞ。行こうぜ!」

第十二章

ジョニーとサムが六番街から足早に帰ってきたとき、エディー・ミラーが〈四十五丁目ホテル〉の外で待っていた。エディーははっとして踵を鳴らした。

「ロビーでお待ちの方がいますよ」

「当ててみようか」ジョニーが言った。「サツだろう?」

エディーは首を振った。

「胴元モーリーの強面《こわもて》子分どもか?」

エディーはもじもじしながら言った。「あなたをじらすわけにはいきませんね。ウィリー・ウォラーのガールフレンドですよ」そう言ってひやかすように低く口笛を吹いた。

ジョニーは顔を輝かせると、回転ドアからホテルの中へ入った。

ドナ・ドワイヤーがロビーの大きな革椅子から立ち上がった。

ジョニーが近づくとドナは言った。「あなたがジョニー・フレッチャーね。昨夜、名前を言わなかった」

「君がおれに名乗るチャンスをくれなかった」

「ごめんなさい」

サムがロビーに入ってきたが、ジョニーとドナからは離れたところで立ち止まった。ドナはあたりを見回し、腰を下ろした。ジョニーはその隣に座った。

ドナは深く息を吸い込んだ。「あなたはウィリーと一緒にいたんでしょう。その……彼があんなことになったときに。彼の身に本当はなにが起こったのか、知りたいの」

「嫌な話だよ」

「ミスター」ドナが疲れ切ったように言った。「あたしはウィリーのことをほかの誰よりもよく知っているわ。家族よりもね。彼の弱点もわかってる」

「彼はこのホテルではよく知られていた」ジョニーが言った。「ロビーやエレベーターで、ときどき見かけたよ。だが、昨日の午後まで話したことは一度もなかった」

「あの、恐ろしいバーで！」

「いや。このホテルの上階のモーリー・ハミルトンの部屋でだ。彼は胴元……」

ドナが身震いした。「そいつはウィリーのお金をほとんど巻き上げたのよ」

「部屋でクラップスをやっていたんだ」ジョニーが続けた。「そこで初めてウィリーと口をきいた。彼はあり金をすって、それから……」ジョニーが合図すると、サムがこちらにやって来た。「おれの友だちのサム・クラッグだ」

「こんちは」とサム。

ドナは黙ってサムに会釈した。

ジョニーが言った。「サム、あの曲を」

サムは胸のポケットから楽譜を取り出して、ジョニーに渡した。ジョニーはそれをドナに見せる。

「ウィリーは飲んでいた。ウィリーはこの曲を四十ドル代わりに賭けて、サムがゲームに勝ったんだ」

「四十ドルですって！」ドナが叫んだ。「あの曲ならもっと価値があるはずだわ」

「ウィリーは五十万ドルと言ってたよ」半ば苦笑しながらジョニーが言った。「酒の上での話だろうけどね」

ドナは身を乗り出してジョニーが持っている楽譜のタイトルをのぞきこんだ。「《アップル・タフィ》」ドナはこう言うと、いきなり体を起こした。「これで大金持ちになれると、彼が言っていた曲だわ」

「歌ったことある？」

ドナは首を振った。「あたしはブルースの歌い手よ。生活がかかっていたとしても、こんな曲は歌えないわ。でも、ロックンロールは偉大よ。ウィリーは好きだった」ドナは口をつぐんだ。「結局、あたしはオペラ歌手でもない。どのみち、たいした違いはなかったけど。あたしたち、一緒になんとかやっていけたと思う……ただ、彼は成功できなかったけど」

「おれ自身はロックンロールのファンじゃないが」ジョニーが言った。「この曲はいいロックンロールじゃないか？」

「ほかの曲より悪いわけじゃないと思うわ。そういえば、ウィリーが言ってた……」ドナは、はっとした。「人生にロックンロールみたいな情熱や熱意を持っているって。最悪のときだって、そう、あたしから家賃を借りなくちゃならないほどのときでも……そんなときでも、彼にはファイトがあった」

「ウィリーが君から金を借りていたって？」

「本当に困ったときにね」

「彼は実家から金を送ってもらってたんじゃないのか？」

ドナは突然、ジョニーを睨みつけた。「どうしてそのことを知っているの？」

ジョニーはためらったが、ドナの目に疑いの感情がわいているのを見て言った。「昨夜、彼の部屋にかかってきた電話に出たのは、おれなんだ」

ドナは立ち上がりかけた。「彼の部屋でいったいなにをしていたの？」

「ちょっとした詮索さ」それから、ジョニーは慌ててつけ加えた。「だが、誰かに先を越された。彼の部屋にはなにもなかった。親父さんからの手紙以外すべてね。犯人は、手紙は重要だと思わなかったんだろう」

「わからないわ」とドナ。「彼は盗まれるほど価値のあるものはなにも持っていなかった。彼の楽譜……」

「ウィリーの楽譜はひとつもなかった」とジョニー。

「ウィリーが捨てたのかしら？」

「盗まれたんだと思う」

「でも、それほど価値のあるものじゃなかったわ。ウィリーはあらゆるところへ曲を持ち込んでいた。それしかやりようがなかった。彼は努力していたわ。歌詞を書いたり……」

「歌詞だけ？　作曲はしなかったのか？」

「ときどきあたしのピアノを使って作曲していたけど。彼はもっぱら作詞家なの。ほかの人に作曲を頼んだこともあったけど、もう、どうでもいいわ。歌詞は相変わらずボツになってた」

「ウィリーは決して落胆したことはないと言ったね。ずっとヒット曲が書けると信じていた？」

「彼は家に帰りたくなかったのよ」ドナが顔をしかめた。「彼のお父さんから今朝、あたしに電話があって、ニューヨークに出てくるって言われたの。お父さんが来るのよ。きっと、あたしは責められるわ。ウィリーになにがあったのか知ったら……」

「たくさんの人間がニューヨークにやってくるんだ。成功する奴もいれば、うまくいかなくて故郷に戻る奴もいる」ジョニーは言葉を切った。「ウィリーは家に帰るようなことは言ったことはなかったのか？」

ドナは首を振った。「一度も。本当にどん底のときですら、そんなことは言わなかった。最近もそうだった。彼は決して諦めなかったわ。きっと成功すると彼にはわかっていたのよ」

ドナは立ち上がった。「今夜、ウィリーのお父さんがここにやって来るのよ。あなたとミスター・クラッグがウィリーが殺されたときに一緒にいたことを知ったら、きっと話を聞きたがるでしょうね」

「そりゃ、まずい！」サムが言った。

「親父さんには知っていることを話すよ」ジョニーが言った。「話すことはそれほど多くはないけどね」そして、《アップル・タフィ》の楽譜を見た。「ミス・ドワイヤー、君はウィリーがこの曲で金持ちになれると信じていたと言ったね。ほかのどの持ち歌よりも、彼はこの曲を絶賛していたのか？」

「最初はそうでもなかったの。でも、今思うと、最近、この曲に異様なほどこだわるようになったわ。ついにやったと言っていた。数日以内に夢と希望がすべて実現する、金持ちになれるって」

「数日以内に？」

「ウィリーはそう言ったわ。そうすれば、あたしたち一週間以内に結婚できるとも。そんな風に彼がはっきり期日を口にしたのは初めてよ。それまではいつも『成功したら』と漠然とした言い方だったのに」ドナは口ごもった。「『一週間以内に』と彼ははっきり言ったの」

ドナはドアのほうへ行きかけて足を止め、しばらくして振り向いた。「あの楽譜、どうするつもり？」

「なにも考えてない」

「彼のものをなにか持っていたいの。よかったら、あたしにもらえないかしら？」

ジョニーは言った。「ウィリーの親父さんが欲しがるかもしれない」

「あたしはそうは思わないわ。お父さんはウィリーが曲を作っていることに反対だった。あなたの話からすると、あの曲の権利は彼のものでしょうけど」サムのほうを示して言った。「少なくとも、あたしが決めることじゃないわ。あたしはただ、あの楽譜が欲しいだけ。あれは……彼のものだから」

「コピーすることはできるよ」ジョニーが言った。「そうすれば、君にあげても大丈夫だろう。それこそ、おれが決めるべきことじゃないけどな。彼の親父さんと話をするまでは……」

ドナは歯ぎしりしながらためらっていたが、うなずくと、さよならも言わずに出て行った。

ドナが回転ドアから出ていくとサムが言った。「おれのタイプの女だ」

「おれもだ」とジョニー。「しばらくは、ほかの男は受け入れないだろう」そしてため息をついた。

「あれは、相当こたえている」

ピーボディがデスクの向こうから、なにか合図してきた。

「ミスター・フレッチャー、ちょっといいですか！」

「うえっ、やばい！」サムがうめいた。

ジョニーが言った。「これっきりでケリをつけよう」

そして、デスクに向かっていった。サムはとばっちりを受けないよう距離を保ったままでいた。

が、ジョニーに向き合ったピーボディは妙に穏やかだった。

「ミスター・フレッチャー、例の件についてわたしが気を揉んでいるのはご存じですよね。つまり、あなたがまだなにも成果をあげていないのではないかと思って」

「首尾は上々さ、ミスター・ピーボディ」ジョニーは答えた。「あんたにあらいざらい話すべきかどうか、まだわからないだけだ」

「ああ、頼みますよ」ピーボディが声をあげた。「おわかりのように、死ぬほど気になってしかたがないんです」

「だろうな。だが、状況は非常に複雑でね。実を言うと、まだうかつには話せない……」

「わたしにだって、分別はありますよ」

「約束してくれるか？」ジョニーが訊いた。「誰にも……言わないと……」

「誓って必ず、ミスター・フレッチャー。絶対、約束します……」

ジョニーは肩越しにあたりと見回して、立ち聞きしている奴がいないか確認すると、声をひそめた。

「ミスター・ウォラーはこれのせいで殺されたんだ」そして、ポケットから例の楽譜を取り出すとピーボディに渡した。

楽譜に目を通す支配人の手は確かに震えていた。「うーん、〝大好きアップル・タフィ〟」ピーボディはつぶやいた。「〝甘くてとろけるアップル・タフィー……〟」そして困惑したように顔を上げた。

「これ……子ども向けなのでは？」

「もちろん！」ジョニーが声をあげた。「それがいいんだ。ロックンロールミュージックの意義と目的はいかに幼稚っぽく、ガキっぽく聞かせるかってことだ。幼いころの純真無垢な記憶をよみがえらせてくれるだろう。今日の世界はあまりに辛いことだらけだ、ミスター・ピーボディ。大人になるとあまりに多くの問題を抱える。税金、政治、戦争……人々はそんなものから逃れたがっている。ロックンロールは現実逃避なんだよ。純粋な現実逃避。《ブルー・スエード・シューズ》（カール・パーキンス作。のちにエルビス・プレスリーがカバー）を聴いたことあるか、ミスター・ピーボディ？」

「あ、いや、ないです」

「レコードを買ってエルヴィスを聴いてみるんだ。レコード屋に行って、半ダースのロックンロールのレコードをかけてみろよ、ミスター・ピーボディ。《ロリポップ》や《アップル・タフィ》はどれよりも最高だぞ。かわいそうなウィリー。苦労して苦労して、やっとこさ、ヒット作に恵まれた矢先に殺されちまうなんて」

「悲しいことです」ピーボディが言った。「ホテルにとっても痛手ですよ」そして、深いため息をついた。「今日の午後に、ミスター・モーリス・ハミルトンと約束があるので」

「なんだって！」ジョニーが叫んだ。

「なにか、まずいことでも？」

「奴が絡んでいるんだよ」とジョニー。「この件にどっぷりと……」

「そのために会うんですよ、その、彼をホテルから追い出すために……」

「だめだ」ジョニーが言った。「ここでなら、おれが奴を見張ることができるが、どっか別のところへ行かれちまったら、問題を解決できない」

「でも、彼は胴元だとあんたが言ったじゃないですか」ピーボディが反論した。「ますます、悪い事態になるのでは……」

「だから、おれが奴を監視したいんだ」ジョニーはまたしても肩越しにまわりを見た。「まだ断定はできないんだが、モーリーが若いウォラーを殺したかもしれない。だが、もしそうなら、やむを得ずやったか、金を積まれたかだ。巨大な権力をもってる奴にな」

今度はピーボディまで、こそこそまわりを見回した。「その黒幕を追っているんですか?」

ジョニーは含みをもたせてゆっくりとうなずいた。「あと一歩のところまで迫っているんだ、ミスター・ピーボディ。あともう少し。もう少しだけ時間をくれ……」

「引き続き、わたしに報告してくれるんでしょうね?」

「誰にも言わないならな。そういえば、今日、ウィリー・ウォラーの父親がホテル《ここ》に到着する予定だとか」

「知ってますよ」とピーボディ。「本人が予約の電報を打ってきました。息子が住んでいた部屋を希望しています」

「彼といろいろ話してみるつもりだ、ミスター・ピーボディ。父親がすべてのカギを握っている。ウィリーは父親に手紙を書いているし、書類とかを送っている……」ジョニーは、はたと口をつぐんだ。「そうだ、父親を食事に連れ出さなくてはいけない。そう、もてなさないとな。悪いが、数ドル都合してくれないかなあ?」

サムは恐怖の叫び声をあげそうになるのを抑えようと手で口を覆った。ジョニーがサムのほうを向いた。

「そうだよな、サム?」

サムは手で口を覆ったまま、激しく首を振った。

「ああ、大丈夫だよ、サム」ジョニーが請け負った。「ミスター・ピーボディは、決して他言したりしないさ。彼はおれらと同じくらい、この件にいたく関心をお持ちだ……」ジョニーはピーボディが取り出した札束に目をやった。「あっ、二十ドルでいいよ」

ピーボディは二十ドルをジョニーに渡した。「ホテルの立場を……わたしの立場を、くれぐれも忘れないでくださいよ」

「心配するなって。おれが忠誠を誓うのはあんたが最初で最後だ。つまり、ずっとってことだ」

ピーボディは、自分専用オフィスのドアを開けると中へ入っていった。

ジョニーはサムに向かって、大騒ぎするなと警告するように手を上げた。サムがジョニーのそばにやってきてうめいた。

「いったいどうやって、ジョニー、ジョニー!」

「ちょろいもんさ」とジョニー。「ちょいと神経を集中しただけさ。彼が前にフランス鍵(ジョニーたちが締め出された部屋の鍵。『フランス鍵の秘密』参照)を錠前に差し込んだときの表情や話し方にね。彼は自分の仕事について、常に神経をぴりぴりさせている。ホテルの評判があるからな」

「おれだって神経をぴりぴりさせてるよ、ジョニー。モーリーが言ったことにね」サムは、ジョニーを鋭くにらみつけた。「ピーボディがちくって、モーリーがウィリー・ウォラー殺しの容疑者だと、あんたが本気で疑ってることを話しちまったら、どうするんだよ?」

「本当にモーリーが殺《や》ったのかもしれないぞ」ジョニーは肩をすくめた。「奴を除外するつもりはないよ」そして、手にした楽譜を見た。「おれがピーボディに言ったことは正しいのかもしれない。もしかしたら、ビートとかジャズプレイヤーの世界は、こんな感じなのかもな。本当にあの曲は五十万ドルの値打ちがあって、そのためにウィリーは殺された可能性もある」ジョニーは首を振った。「おれたちは時代遅れの門外漢だ、サム。だが、こんなことは見過ごせない」

「おれは《アップル・タフィ》が好きだよ」サムはきっぱり言った。

「たぶん、おまえのほうがまともだな。おれが間違っているんだ、サム」ジョニーは急に意を決したように言った。「今すぐにこの新しくてイケてる音楽を聴きに行こうと思う」

「おれに一緒について来いと？」

「気が向かないのでなければな」

「正直言って気乗りがしないんだ。頭が割れるように痛くてね。アスピリンを何錠か飲んで、楽になりたい」

「そうしろよ、サム。三十分後にまた会おう」

サムはエレベーターに向かい、ジョニーはホテルを後にした。

第十三章

四十五丁目と四十六丁目の間の七番街に楽器屋があった。ジョニーは、ブロードウェイから店を見つけた。交通の喧噪の合間に、店の扉の上に備えつけられたスピーカーから鳴り響く音楽が聞こえてくる。タイムズスクエアの群衆を目覚めさせるような音だ。つまりは、これから彼らが顧客になるかもしれないというわけだ。

ジョニーは四十六丁目へ向かって歩き、信号が青になるまで待った。通りを渡り始めると、束の間、喧噪がやみ、スピーカーからの音がはっきりと聞こえてきた。

「〝大好きロリポップ……〟」

再び喧噪が次の歌詞をかき消した。ジョニーはふいに足を止めた。ブロードウェイに入ってきた一台のタクシーがジョニーの姿が目に入らずに、寸でのところでぶつかりそうになった。運転手がジョニーに向かって罵声を浴びせたが、ジョニーは構わず通りを渡った。

七番街の西側に着くと、店の音楽がさらに大きくはっきり聞こえてきた。

「〝大好きロリポップ……〟」大音響のレコードの声が叫んでいる。「〝甘くてとろけるロリポップ〟」スピーカーは繰り返しこの歌詞を流していた。ジョニーが店の中に入ると、店員が近づいてきた。

「いらっしゃい。なにかお探しで？」

「ロリポップ」ジョニーは答えた。「《アイ・ラブ・ロリポップ》を」

「さようですか」店員はどこかうんざりしたように言った。そしてカウンターに向かうと、四フィート（一二〇センチ）ほどの棚から一枚のレコードを取り出した。「一ドル九十五セントですね……」

「視聴できないかな？」ジョニーが訊いた。

店員はため息をつきながら、ジョニーにレコードを渡した。「もちろんです。どこのブースでも使って下さい。ああ、ドアはちゃんと閉めてもらえますか？」

ジョニーは店員に鋭い視線を向けた。「音楽が好きじゃないのか？」

「あくまで、わたし個人の問題ですが」店員は言った。「嫌いです」

「で、この音楽には興味がないというわけか」

「わたしはこの店で働いて」店員が言った。「レコードを売っています。いいレコードをね。といっても、いいレコードが売れるのは一週間に一度か二度かな。一日中、お客さん、それこそ日がな一日、ロックンロールを売ってるんですよ。あの曲……みたいな」

ジョニーはにやりとした。ブースのひとつに入って、レコードのラベルを見た。「〈作詞・作曲〉アル・ドネリー、〈歌〉アルヴィン・リー」ターンテーブルにレコードを乗せて、ガラス窓から店内を見ると、あの店員がこちらをじっと見ていた。ジョニーは防音ブースの扉を閉めると、プレイヤーをスタートさせた。

「〝大好きロリポップ〟」歌手が声高に歌い始めた。「〝大好きロリポップ、甘くて甘くてとろけるロリポップ〟」

ジョニーはポケットから今は亡きウィリー・ウォラーの楽譜を取り出して、歌手が歌い上げる歌詞を追った。歌詞はそっくりだった。曲を通して違う箇所は、〝アップル・タフィ〟が〝ロリポップ〟になっているところだけだ。

ジョニーはレコードを止めてプレイヤーからはずすと、ジャケットの袋にしまい、ブースを出た。

店員がもの言いたげな顔でジョニーを見た。

「すばらしい！」ジョニーは熱烈に言った。「これはヒット間違いなしだな」

「すでにヒットしてますよ」店員が言った。「先週リリースされて、当店でも売り上げナンバーワンですよ」

「楽譜は売ってないのか？」ジョニーが訊いた。「これを自分のピアノで弾いてみたいんだが」

店員はショーケースのところへ行くと、積みあがったものの中から楽譜を抜き出した。ジョニーがタイトルに目をやると、《アイ・ラブ・ロリポップ》〈作詞・作曲〉アル・ドネリー、〈発行者〉ランガー出版社となっていた。

「どっちが先に出たんだ？」ジョニーが訊いた。「楽譜か？　レコードか？」

店員は肩をすくめた。「そんなこと知りませんよ。わたしはここで働いているだけですから」

「歌はアルヴィン・リーとなっているが、彼はいいのか？」

「やたら声はでかいですね」

ジョニーはレコード屋を出ると、角のタバコ屋へ向かい、デイジー・レコードの住所を調べた。それは五番街にあった。

ジョニーは四十六丁目をそのまま進み、六番街を通り過ぎて五番街へ向かった。二ブロックほど左へ行くと、コンクリートと鉄筋造りのガラス張りの巨大な建物があった。案内によると、デイジー・

レコードは二フロアを使っていて、メインは二十二階にあるようだ。

ジョニーはエレベーターに乗って二十二階に向かい、ごったがえしているフロアの中に入っていった。待合室には、ミュージシャン、売り込み屋、歌手、ソングライター、その他、奇妙な取り合わせの雑多な人間たちでひしめきあっていた。顎髭を生やした男たちが数人、部屋のあちこちにいる。女たちは今にも折れそうなほど痩せていて、麻のズタ袋のようなドレスを着ている者や、だぶだぶしたムームーを着ている者もいた。

部屋の隅にいたオーケストラの小集団が楽器のチューニングをしていた。受付嬢は四十がらみの痩せぎすな女で、つけまつげをつけ、スミレ色の口紅をつけていた。

「ボスを」ジョニーは受付嬢に言った。

「お引き取りを」受付嬢は言い返した。

ジョニーは歯をむき出して笑った。「ボスに伝えてくれ。デスクのまわりで秘書を追いかけ回すのはやめるようにってね。ジョニー・フレッチャーが話したがってると」

「ジョニー・フレッチャーって、誰です？」

「冗談を言ってるのか？」

「もちろん、そうよ。わたしは一日中、冗談を言ってるわ。それ以外に、ここで頭がおかしくならないでいられる方法がほかにある？　ジョニー・フレッチャーって、誰？」

「おれのことだよ、ベイビー」

「あなたのこと、ベイビー？」

「わかったか、ベイビー。わかったら、あそこにあるなんとかいう機械で」ジョニーは電話を指さした。「『ミスター・ボス、ジョニー・フレッチャーさまがお見えです』と言うんだ」

受付嬢はうさんくさそうな目でジョニーを見たが、受話器をとると二桁の数字を回した。「ミスター・プレスコット、ジョニー・フレッチャーさまがお見えです。とても……その……」そして通話口をふさぐと言った。「ジョニー・フレッチャーとは誰かと言っていますが」

「それでこそ、プレスコットだ」ジョニーはクスリと笑った。「相変わらず笑える男だな。アル・ドネリーの友だちだと言ってくれ」

受付嬢はそのとおり伝え、うなずくと受話器を置いた。「どうぞ」

「こうなると思ったよ」ジョニーは嬉しそうに声をあげた。「アルはビッグネームだもんな。で、プレスはどこにいる?」

「自分のオフィスです」

ジョニーはゲートを通って、ガラスのドアが並ぶ廊下を進んだ。それぞれの部屋からは、レコードの音が大音量で響いていたり、歌手が生《ライブ》で歌っていたり、トランペット奏者が奏でるびっくりするような音が聞こえてきた。お偉いさんのオフィスはたいてい、一番奥まったところに二部屋分くらいの広いスペースを占領していて、部下のオフィスがある廊下に面していると相場が決まっている。そう当たりをつけて、そのまま廊下を進み続けた。

果たして、ジョニーの読みは正しかった。

廊下の突き当りのドアには、〈ミスター・プレスコット：経営〉とあった。

ジョニーはいきなりドアを開けた。とても太った髭面の男が、ちらかったデスクの向こうの肘掛のない椅子に座っていた。「誰だ?」

「ジョニー・フレッチャー」

「あんたがアルの使い走りか。アルは三十分ほど前にここにいたぞ。自分の小切手帳でも忘れたのか」

「面白いジョークだな」ジョニーは言った。「アルが小切手帳すら持っていなかったときのことを、覚えてるか？」

「口の減らない御仁だな」太った男が言った。「こっちは忙しくてね。アルの用件とはなんだ？」

「それが、アルの用件じゃなくて」ジョニーが言った。「おれの用件なんだ」

「そうか？　いったい、あんたは誰だ？」

「また、その話か？　おれはジョニー・フレッチャー。取引の話をしにきた。あんたもおれも、アルが《ロリポップ》を盗作したことを知ってる」

「出ていけ！」太ったプレスコットが吠えた。

「出ていくさ」とジョニー。「その代わり、弁護士がここにやってくる。二倍も高くつくぞ。おれなら喜んで話をつけてやるけどな」

　プレスコットは太い人差し指をジョニーに突きつけた。「そういえば、アルが言ってたな。おせっかいなタレコミ野郎がいるかもしれないとな。スタッグだか、ブラッグだかって名前の奴だ」

「クラッグだ」ジョニーが言った。「おれの相棒だよ。彼の代理でここに来た。彼は《アップル・タフィ》の楽譜を持っている。アルが盗んだ曲のオリジナルだ……」

「出ていけ！」プレスコットが怒鳴った。「おれが立ち上がらなくちゃならなくなる前に、自分の足でそのドアから出ていくんだな。ドアを開けてやったりはしないぞ。とっとと……！」

「十万ドルだな」ジョニーが言った。「それから、弁護士費用に裁判所費用もかかる」

　プレスコットが立ち上がった。その勢いで椅子が後ろにひっくり返った。身長六・六フィート（およそ二メートル）、体重はゆうに三〇〇ポンド（一三〇キロ）はありそうな怪物だということがわかった。

　その怪物が机を回ってこちらに向かってきた。ジョニーは巨体が突進してくるのを見るなり、部屋を飛び出した。

　後ろ手にドアを勢いよく閉めて外に飛び出すと、黒い顎鬚をまばらに生やした十代の若者と衝突した。

「ねえ」若者は言った。「聞こえてましたよ。老いぼれオス猫にひっかかれました?」

「なんだって?」

　若者はプレスコットのオフィスを示した。「でっかいオス猫ですよ、オールド・トム。聞いたことありませんか」

　ジョニーはくすくす笑った。「彼がオス猫なら、あんたはここでなにをしているんだ?」

「ただの軟弱猫のひとりですよ」若者はすでにジョニーへの興味を失っていた。近くの部屋からレコードの音が鳴り響き、若者はそれに合わせて指でリズムをとっていた。

　ジョニーはポケットから五〇セントを取り出すと床に放り投げた。若者は指を四回鳴らすと、五十セントを拾い上げた。

「これはなんのため?」若者が訊いた。

「キャットフードだよ」ジョニーが答えた。「アル・ドネリーを知っているか?」

「ええ。でも、知りません」

「どういう意味だ？」

「見かけたことはありますが、彼は下っ端《ヒラ》には話しかけないんです。話すのはお偉いさんたちだけ。ほとんどオールド・トムとしか話をしません」

「ウィリー・ウォラーという子猫の名は知っているか？」

若者は両手を合わせて、飛び込むようなジェスチャーをした。「死んだ奴ですね！」

「彼はここに来たことはあるか？」

若者は蹴り飛ばして追い出すような仕草をした。「来ましたけど、お偉いさんは誰も彼の話を聞こうとしませんでした。いい人でしたけどね」

「彼の曲を聴いたことあるか？」

若者はさっとまわりを見回した。「情報料は？」

ジョニーはポケットを探ったが、五セントや十セントなど小銭しかなかった。しかたがなく顔をしかめて一ドル札を抜き出すと、若者はそれをひったくった。

「一ドルなら、歌ってあげますよ」

「ウォラーが最後にここに来たのはいつだ？」

「今日は今日、昨日は昨日、その前の日は……」

「その前の日に来たのか！」

「ビンゴ！　その前の日に……」

「彼がここに来た時、誰に会ったんだ？」

「オールド・トムが直接会いましたよ。悲しそうに叫ぶ声や、いがみあう声が聞こえました。オールド・トムのほうが勝ったと思いますね。だって、そのウィリーって奴が部屋から飛び出して来て、そこで悔しそうに不満をぶちまけてましたから。まるで……」

若者はそこまで言うと、ふいといなくなった。ジョニーは首を振りながら廊下を歩き去った。

第十四章

サムは、浴室で前日ほったらかしにしていた洗濯物を干していた。そのとき、電話が鳴ったので、タオルを拾い上げて寝室へ行った。受話器に手をかけたが、出るのをためらった。ベルはまだ鳴っていた。

思い切って受話器を上げた。「もしもし」

かすかに訛りがあるが、流暢《りゅうちょう》な言葉が聞こえてきた。「ミスター・クラッグをお願いします」

「誰だ？」

「わたしは、コンスタンティン・パレオロゴスといいます」

「コンスタンティン、なんだって？」

「パレオロゴス」相手は答えた。「昔からあるギリシャ系の名前ですよ。この名前のローマ皇帝がふたりいます。そのうちのひとりは、コンスタンティノープルが陥落したときの皇帝でした。わたしはその直系の子孫なんです」

「へえ」サムは疑わしそうに言った。「あんたのことを殿下と呼べと？」

「皇帝の血筋は一四五三年にコンスタンティノープルと共に滅亡しましたよ。あなたはミスター・クラッグですか？」

「場合によるな」

「どういう場合かうかがっても?」

「あんたの用件がなにかによる。金が目的だというなら、おれはサム・クラッグじゃない。だが、いい知らせなら、おれはサム・クラッグ本人だ。正真正銘のな」

ミスター・パレオロゴスは淀みなく言った。「あなたはとてもひょうきんな人とお見受けしました、ミスター・クラッグ。お会いするのが楽しみですね。あなたが、ソングライターのウィリー・ウォラー氏の相続人だということを知りましてね」

サムはびくりとした。「おれは、そのことについてはよく知らないんだ。おれの相棒のジョニー・フレッチャーと話してもらったほうがいいだろう。彼は今、ここにいないよ」

「いいえ、わたしがお話ししたいのは、あなたです。わたしが言っているのは、ある曲の権利のことです。《アップル・タフィ》という」

「それで?」

「おしえてください、ミスター・クラッグ。あなたはあの曲の権利者なのか、そうではないのかを」

「もう少ししたらジョニーが帰ってくる。彼は、ええと、おれの営業部長なんだ。彼のアドバイスなしではおれはなにもしない」

「でも、あの曲の権利者なのかどうかくらいは言えるでしょう?」パレオロゴスは食い下がった。

「それも状況によるな。いい状況ならイエス、悪い状況ならノーだ」

「それ以上安全な言い方はありませんね、ミスター・クラッグ。よろしい。あなたが曲の権利者なんですね。あなたの営業部長さんにお伝えください。わたしがあの曲の権利を買い取ることに関心があると」

サムは息をのんだ。「なんだって？」

「わたしは、ある提案をするつもりです。営業部長さんから電話をいただけませんかね？　今、オフィスではないので、自宅の番号をおおしえします。モノンガヒーラの三の四七二三です」

「へっ？　モナ……ウィーラー？」

「モノンガヒーラです。そして、わたしの名前はコンスタンティン・パレオロゴス」

サムは、鉛筆を探そうとナイトテーブルに手を伸ばした。「書き留めようとしてるんだが、鉛筆が見つからないんだ。覚えるよ、コンスタンティン、わかった。パル・オブ・ロゴス……」

「パレオロゴスです。P、a、l、e、o、l、o、g、u、s」

「よっしゃ」とサム。「で、モナ……ウィーラーと」

「モノンガヒーラ」パレオロゴスが辛抱強く言った。「ペンシルヴァニア州の町と川の名と同じです」

「ああ、あのモナ・ウィーラーか」

ちょっとした沈黙があった。「あなたの営業部長さんがいらっしゃるときに、わたしがかけ直したほうがよさそうですね」

「そうしてくれ、ミスター……ええと、殿下。今から三十分くらいで戻ってくると思う。待て、電話を切る前にもうひとつ。あんたはどれくらいの金額の話をするつもりなんだ？　ピーナッツ《はした金》か？」

「ピーナッツ？　なんのことですか？」

「はした金ってことさ。あんたが考えてる金額によっちゃ、おれたちは興味ねえな。大金じゃなきゃあな。ウィリー・ウォラーにあの曲は五十万ドルの値打ちがあると言われたんだ」

「それは法外な金額ですね」とパレオロゴス。「それほどにはならないと思いますが、まずは前金で五万ドルとわたしは考えています」

「五万ドルだって……！」サムは思わず叫んでいた。

「たぶん、もうちょっといけるでしょう。もちろん、通常の特許権使用料に対してということですが」

「ああ、そうか、特許権使用料だな」サムは口笛を吹いた。「五万ドルか。で、どれくらいたってから、折り返し電話をいただけますかな、ミスター……いや、殿下？」

「あなたのお望みの時間に。三十分後でいいですか？」

「よし、決まった」サムは声をあげた。「ふたりで、ここでお待ちしてますよ」

サムは受話器を置くと、電話をじっと見つめてつぶやいた。「五万ドルの札束……」

そのとき、ドアを激しく叩く音がして、サムは振り向いた。「なんだ？」

色の黒い大柄な男がドアを勢いよく開けた。その後ろにはもっとでかいのがいた。ふたりはずかずかと部屋の中に入ってきた。

「おまえがフレッチャーか？」最初の男が訊いた。

「違う」サムは息をのんだ。

「証明しろ」その男がぴしゃりと言った。

「証明って、なにを？」

「おまえがフレッチャーじゃないってことをだよ」

「おれがほかの誰かじゃないって、いったいどうやって証明するんだよ？」サムはくってかかった。

「おれはフレッチャーじゃないって、言ってるだろう……」

「手を上げろ」二番目の巨漢が言った。「壁に手をつけ」

「おまわりか！」サムが叫んだ。

「聞いたか？」最初の大男が言った。

サムはゴクリと息をのんだ。二番目の巨漢がサムの腰に手をかけ、あっという間に壁に向かわされた。壁から二フィート（六〇センチ）ほどのところに立たされ、両手を壁に着くほかなかった。

ひとりがサムの後ろに立ち、ズボンの尻ポケット、次に脇のポケットをあらためた。

「クリア」

「コートを着ろ」もうひとりに命令された。

サムのコートはベッドの上にあったが、自分で取ろうとする前に巨漢のひとりがそれをつかんで、ポケットを丁寧に探った。そして、サムに投げてよこした。

「行こうぜ」

「だめだ」サムが言った。「とても重要な電話を待ってるんだ……」

若干、背の低い黒いほうがにたにた笑った。「伝言を残しとくんだな。警察に行くってね」

パレオロゴスが警察に電話してくることを考えると、いいアイデアとは思えなかった。サムはしかたなくコートを着た。

「わかったよ」

三人は八二一号室を出てロビーへ下りた。エディー・ミラーが隅に立って、サムとふたりの男が深刻な顔つきで出ていくのを見つめていたが、駆け寄ろうとはしなかった。

三人はホテルを出た。縁石に車が停めてあったが、パトカーではなかった。お抱え運転手風の帽子をかぶった男が運転席にいた。

でかい方の男が先に車に乗り込み、相棒はサムに乗るよう指示してから自分も続いた。

車の後部座席は、男三人で窮屈だった。真ん中にはさまれたサムは相手のコートの左の脇腹下になにか固いものがあるのを感じた。

第十五章

サムが出て行ってから五分もしないうちに、ジョニーが〈四十五丁目ホテル〉に帰ってきた。ロビーにいたエディー・ミラーがすぐさま近づいてきて、まだ遠くにいるうちに声をかけてきた。「ミスター・フレッチャー」

「急いでるんだ、エディー」ジョニーが言った。

「ミスター・クラッグがわずか数分前に出ていきましたよ」エディーが言った。「でっかい男たちふたりと一緒に……」そして、言いにくそうにつけ加えた。「警察ですかね？」

ジョニーが大声を出した。「なんのために？」

「わたしにはわかりません」とエディー。「あなた方の疑いは晴れたと思っていたんですが」

「そのとおりだよ」ジョニーが顔をしかめた。「本当にサツだったたか？」

「警官みたいに見えましたよ。それっぽい態度でした。ただ……パトカーに乗り込んだわけじゃなかったですが」

「もしかして、胴元モーリーのお友だちってことはないのか？」

エディーはたじろいだ。「ミスター・ハミルトンとトラブルでも？」

「奴がサムになにかしたら、奴のほうがトラブルになるだろうな」ジョニーはぴしゃりと言った。

「それこそ一大事になるぞ」ジョニーは外へ戻ろうとしたが、踵《きびす》を返した。「誰がおれたちの部屋の番号をおしえた?」

「フロントです」

「ピーボディか?」

「いえ」エディーはフロント係のほうを示した。「彼です」

ジョニーはフロントに向かった。「ちょっと前に、おれたちの部屋の番号を訊いた奴らがいただろう。どうしておしえたんだ?」

「ミスター・フレッチャー」フロント係は厳しい口調で言った。「彼らは警官でした」

「身分証を見せたか?」

「ええと……いいえ」

「それなら、どうして奴らが警官だとわかる?」

「彼らがそう言ったんです」

「おれがあんたに〝朕《ちん》はスウェーデンの国王なり〟と言ったら、信じるのか?」

「まさか!」

「サムにもしものことがあったら、おれが直接その面《つら》をめちゃくちゃにしてやるからな」ジョニーは断言した。そしてフロントの電話を取り上げると交換手に言った。「警察につないでくれ」

フロント係は目玉が飛び出しそうな表情をしていた。

「殺人課のターク警部補を」署の巡査が電話に出ると、ジョニーは早口で言った。

「ターク警部補は不在です」巡査が言った。「伝言があれば……」

「ある」ジョニーはほとんど叫んでいた。「ターク警部補に伝えてくれ。ハドソン川に飛び込めってな！」

ジョニーが受話器をたたきつけて電話を切ると、背後に当のターク警部補がいた。「もう一度、最後の部分を聞きたいんだがな」

ジョニーはぎょっとして振り返った。「噂をすれば、だ」

「いいか、フレッチャー」警部補は小声で言った。「わたしは話のわかる男だが、ときに力づくに出ることもある」

「おれもだよ」ジョニーが言い返した。「おれのダチのサム・クラッグが、ほんの数分前にここから連れ去られたんだ。あんたの差し金か？」

「どうして、わたしが彼をしょっぴくんだ？」

「それこそ、こっちが知りたいことだ」ジョニーは顔をしかめて言った。「じゃあ、胴元モーリーだな」

「胴元モーリーとは誰だ？」

「巡回中の私服警官に訊いてくれ」ジョニーはぴしゃりと言った。

「わたしは殺人課なんだぞ」警部補は無愛想に言った。「だが、ベントンとバインがウォラー事件に関することをなにか知っていたら……」言葉を切ると、あたりを見回した。

少し離れたところに、体が大きくがっしりした五十がらみの男がひとり立っていた。片手に旅行カバンを持っている。警部補は眉をひそめ、肩をすくめた。

「フレッチャー、こちらはミスター・ウォラー。ウィリーの親父さんだ。数時間前にこの町に着いて、まっすぐここに来た。その……身元の確認にな。ミスター・ウォラー、ミスター・フレッチャーだ。彼はご子息が亡くなったときにそばにいた」

父親はジョニーと握手しようと手を伸ばして前に進み出ていたが、警部補の最後の言葉を聞いたとたん、その手を引っ込めた。

「あんたが息子が関わっていたチンピラのひとりか」その言葉には怒りがこもっていた。

「違います」ジョニーは慌てて言った。「昨日まで息子さんには会ったこともありませんでした。そのとき会ったのも、まったくの偶然です」

「だが、あんたは息子が殺されたとき、そばにいたんだろう！」ウォラー・シニアは声を荒げた。

ジョニーはうなずいた。

「そのときの状況を知りたい」

「わたしからすでにお話ししました、ミスター・ウォラー」警部補が二人の間に割って入った。

「当事者から直に聞きたいのだ。細かいことまですべてな。息子がなにをしていたか、なにを話したか、ウィリーに関することすべてを。あの子は……わたしたちのたったひとりの息子だった」

ウォラー・シニアの強張った口もとが震え始めた。警部補はたまりかねて、自分の腕時計を見た。

「ミスター・フレッチャーとふたりで、上へ行って話されたらどうでしょう。わたしは急いで行かなくてはなりませんので」

「ビビったな」ジョニーは小声で悪態をついたが、ウォラー・シニアに向かって言った。「おれが知っていることはほとんどないですが、お話ししましょう、ミスター・ウォラー。おれはこのホテルに住んでいるんです……」

「よし」警部補が口をはさんだ。「後でまた戻ってくるよ、フレッチャー」そして出口のほうへ向かった。

ジョニーは手を伸ばしてウォラー・シニアのカバンを持ち、エレベーターのほうを示した。ウォラー・シニアが先に乗り込み、ジョニーが続いた。ふたりは無言のまま八階まで上がった。ウォラー・シニアはジョニーの後について八二一号室へ向かい、薄汚れた壁を見回すと、初めて口を開いた。

「息子は……こんなところに住んでいたのか？」

「ニューヨークのホテルの部屋は四十年に一度しかペンキを塗り直さないんですよ」ジョニーがそっけなく言った。

ジョニーが部屋にひとつしかない肘掛け椅子を示すと、ウォラー・シニアは腰を下ろした。

「わたしは息子の部屋の壁紙を毎年張り替えている」今は亡きソングライターの父親は言った。「わたしは裕福ではないが、わたしたちの家は……居心地のいい家だ。ウィリーはウェイバリーが好きではなかったがね。音楽に夢中になっていた。幼い頃、母親にピアノのレッスンを受けたときから……」

「奥さまはピアノ教師なのですか？」

ウォラー・シニアはうなずいた。「わたしが肉屋を始めたときに、妻はピアノ教師を諦めたんだ。そう、十四年前のことだ。それでも妻には数人の生徒がいた。友人の息子や娘たちだ。妻は彼らからはレッスン料をとらなかった」シニアは首を振った。「妻の影響でウィリーはソングライターに興味をもち始めたのだろう」そう言って眉間にしわを寄せた。「だが、わたしは妻が息子の曲が好きだったとは思えない。息子はいつも妻に、自分の作った曲を送ってきたが、妻はそれらについてわたしに話したがらなかった。先日、それとなく妻に訊いてみた。どうしても知りたかったんだ。ウィリーの曲が傑作なのかどうかを。妻がわたしになんと答えたか、わかるか？」

「良くないと？」

「そんなニュアンスだった。だが、妻はそのときもはっきりとは言わなかった。なにか違う、そういう風に言ったんだ。しっくりこないと。わたしはいつも息子に仕送りしていた」

「知っています」

「息子が話したのか？　それなら、あんたは警察に嘘をついたのか？　息子のことをよく知っているじゃないか」

「いえ」ジョニーはいくぶん困惑して言った。「息子さんの婚約者のドナ・ドワイヤーと話したんです」

「婚約者？　ふたりは婚約していたのか？」

「知りません。ガールフレンドだと言うべきだったかもしれません」

「わたしが彼女と話してみよう。ウィリーは一度か二度だけ、手紙の中でガールフレンドについてふれていた。だが、結婚についてはなにも言っていなかったぞ。それで、彼女はどんな女性だね？」

「ナイトクラブで歌っています」

「ナイトクラブで歌っている女性とはどんな女性なんだ、ミスター・フレッチャー」

「いろんなタイプの人がいます。いい人もいれば、それほど良くない人も……」

「それなら、このドナ・ドワイヤーという女性はどっちなんだ？」

「それは、あなたご自身が見極めることです」

ウォラー・シニアは首を振った。「彼女と話したいのかどうか、よくわからなくなってきた」

「話すべきだと思いますよ、ミスター・ウォラー」

「話さなくてはいかんな」ウォラーは深いため息をついた。

「おしえてくれ、ミスター・フレッチャー……息子と初めて会ったのはいつなんだ？」

「言葉を交わしたという意味なら、昨日です。このホテルでずっと姿は見かけていましたが、仕事が違うもので……」

「あんたはどんな仕事をしているんだ？」

「お話するような職業ではありませんよ、ミスター・ウォラー」

「知りたい」

「わかりました。おれは、なんでも扱うセールスマンなんです。本を売ることもあれば……機転を利かせて世渡りすることもあります」

「詐欺師ということか？」

ジョニーはたじろいだ。「自分のことをそんな風に呼ぼうとは思いません、ミスター・ウォラー」

「つまり、盗みはしないと？」

「とんでもない！　できるだけ楽な方法で稼いでいるだけです。本を売ったり、人助けをして金をもらったり……探偵をしたり」

「探偵だって？」

「市に雇われているわけじゃないんです、ミスター・ウォラー。警察ができないことをできるので……」

「わかった。いいかね、ミスター・フレッチャー。息子について知っていることを包み隠さず話してくれ。どのように知り合ったのか、話した内容、息子が殺されたとき、どうしてたまたまそばにいたのかなど」

「それほど長い話ではありません。昨日、会ったばかりですからね。ホテル内のさる集まりで……」

「パーティかなにか？」

「そんなものです」

「そんなものとはどういう意味だ？　パーティなのか、そうではないのか？」

「パーティですよ」ジョニーは言った。「クラップスをパーティというならね。上の階で……」

「ニューヨークのホテルでは、クラップスをやるのは許されているのか？」

「いえ、ミスター・ウォラー。アイオワ州のウェイバリーほどは許されていないと思いますよ。胴元を介して馬券を買うのもダメです。でも、相変わらず……」

「ああ、そうだろうな。わかった。あんたがウィリーと出会ったのは、そのサイコロゲームだというわけだな。で、息子は……勝ったのか？」

「いえ。息子さんは負けました……」ジョニーは言い淀んだ。「すっからかんになって、ついに自作の最新曲を賭けたんです」

「誰が曲になんか金を出す？」ウォラー・シニアは声をあげた。「いったい、どこのどいつが曲に現金を賭けるんだ？」

ジョニーは息をのんだ。「おれには友人がいまして、実際はおれの相棒なんですが、彼がその曲に四十ドル賭けたんです」

「それで？」

「相棒が勝ちました」

「話を続けて、ミスター・フレッチャー」

「そのせいで、息子さんは殺されたんだとおれは思っています。ミスター・ウォラー。その曲のせいで」

ウォラー・シニアはジョニーをじっと見つめた。「あんたの……相棒が殺したのか？」

「いえ、違います。とんでもない！　おれたちは、殺しとはなんの関係もありません。正直言って、おれは曲とかソングライターのことなどなにも知りません。あの曲で儲けようなんて、おれ、もしくは相棒のサム・クラッグにはそんなつもりはまったくないんです。サムは、あの曲に惚れて金を賭けました。それは、彼がそういうタイプの男だからなんです。息子さんは負けて、飲んだくれているときにおれの相棒をからかったくらいですから」

「あんたの友だちが勝った。そこから、話を進めようじゃないか、ミスター・フレッチャー。わたしは単純明快な男だ。あんたの友だちがウィリーから曲を勝ち取った。よろしい。その曲は今、あんたの友人のものだ。だがそれなら、どうしてあんたはウィリーが殺されたのは、その曲のせいだと思うんだ？　あんたの友だちが曲を勝ち取ったからか？　このサイコロゲームで起こったことは、それだけのことなんだろう？　ウィリーがあんたの友だちに自分の曲を巻き上げられたということだけだろう？」

ジョニーはうなずいた。「それだけですよ。でも、それからしばらくして、サムとおれで、通りの先の〈ソーダスト・トレイル〉という店に立ち寄ったとき……」

「ここに来る途中で店の前を通り過ぎたとき、警部補がそう言っていた。そこで……殺されたと」

「そうです。サムとおれはビールを飲みにその店に立ち寄ったんです。息子さんは、すでに店にいて、バーの隅には、顎に三日月型の白い傷がある男がいました。ウィリーは飲んでいて、ホテルでのサイコロゲームのときよりもかなり酔っぱらっていました。彼は自分の曲を演奏して歌うと言い張っていました。おれの友だちに譲った曲をです」

ジョニーはベッドに腰を下ろした。すると、すぐそばにある電話が突然鳴ったので、飛び上がった。

ジョニーは受話器を取った。「もしもし」

「ミスター・フレッチャー?」わずかに訛りがあるが、滑らかな声が聞こえてきた。

「いかにも」

「三十分ほど前に、ミスター・クラッグと話しました」声は続けた。「彼によると、あなたが営業部長だということなので、話をしたくて電話した次第です。彼は今、そこにいますか? わたしたちが話したことを彼から聞いているかな?」

「彼がいなくなったんだ」ジョニーは言い捨てた。「で、あんたがその理由を知ってるんじゃないかとおれは思ってる」

「なんの話だかさっぱりわからない、ミスター・フレッチャー」

「ふたりの暴漢野郎が三十分ほど前に彼をさらっていった。あんたの手下だろう。いったい、あんたは誰だ?」

「わたしはコンスタンティン・パレオロゴス」相手が答えた。「《アップル・タフィ》の権利を買いたいと思っています」

ジョニーはゴクリと息をのんだ。「あんたは……モーリー・ハミルトンの仲間じゃないのか?」

「言ったはずだ、ミスター・フレッチャー。わたしはそのミスター・ハミルトンなる人物は知らない」

「どうか、忘れてくれ、ミスター……パレオ……」

「パレオロゴス。いつも、なかなか名前を憶えてもらえないのだよ。事実、あなたのご友人もそうでしたよ。だから、わたしのほうから電話をかけなおしています。わたしはビジネスとして、ミスター・クラッグに《アップル・タフィー》についてのオファーをしました」

「どんなオファーを?」

「前金で五万ドルを提案しました。でも、彼はそれ以上の価値があるはずだと思ったようで、わたしは、その件について少し考えてみました……」

「ご、五万ドルだって」ジョニーは言葉が出なかった。「げ、現金で?」

「そうです。しかし、ミスター・クラッグのためらいを考慮して、オファー金額を吊り上げるのは厭いません。六万五千ドルではどうでしょう?」

「もちろんです!」ジョニーは思わず大声を出した。少し離れたところにいるウォラー・シニアと目が合った。「あんたの住所をおしえてください。すぐに伺いますよ。小切手帳を用意しておいてください。これまでで一番の超特急で取引できますよ」

「すばらしい、ミスター・フレッチャー。住所はリバーサイド・タワーズです。お待ちしていますよ」

ジョニーは受話器を置くと、ウォラー・シニアを見た。

「《アップル・タフィー》のオファーを受けたところですよ、ミスター・ウォラー。なんと、六万五千ドルで……」

ウォラー・シニアは椅子の袖をつかんで半分立ち上がりかけていた。

第十六章

車は、九番街と十番街の間にあるブラウンストーン（建築材料である赤褐色の砂岩）の家の前に停まった。南北戦争の直後だったら、なかなかいい家だったことだろう。

サムの右側にいる大男が車のドアを開けて外へ出た。左側にいた男がサムを小突いた。「降りろ」

サムは外を見た。「ここは警察署じゃねえな」

また押されてサムは車から降り、ブラウンストーンの家をじっと見た。二番目の大男が車から降りてきて命令した。「中へ入れ」

サムは声をあげた。「おまえら偽物だな！　警官なんかじゃねえ。まあ、おれも違うがな」

「ご名答」より体のでかいほうが言った。「お利巧ついでに、その階段を上がるんだな」そして、左の襟元に手をやると銃の台尻をちらりと見せた。サムはやっとの思いで息をのみ、玄関前の階段を上り始めた。

後ろから小突かれて、開いたドアの中に入る。

「そのまままっすぐ歩け」大男のひとりが言った。

廊下にはゴミが散らかっていて、けっこうな埃が積もっていた。最近、誰かが歩き回った足跡がついている。

ひとりがサムを追い抜いて、先に短い廊下のつきあたりにあるドアへ向かい、ノブをひねって開けると中へ入った。銃を持った男に追い立てられてサムも続いた。

その部屋には家具らしいものはなにもなかった。いくつかの壊れたケースや箱を家具と言わなければの話だが。大量の古新聞が床に散乱している。

三十八口径を持ったでかいほうの男がサムに言った。「さて、どうしようか、ダチ公? ソフトなほうがいいか、ハードなほうがいいか?」

「いったいなんの話かさっぱりわからんね」サムは答えた。

大きいほうが相棒に向かってにやりとした。「ハードなほうだな、ピンク」

ピンクと呼ばれた男がくすくす笑った。「そうこなくっちゃ!」

相変わらずにやにやしながらピンクが前に進み出た。右手は拳を握りしめている。それをサムに向かっていきなりお見舞いしてきた。サムはすかさず空中でその拳を受け止め、思い切りひねった。ピンクは宙返りして、埃の積もった床に背中から落ちた。

とっさにでかいほうが驚いて目を見張り、後ろへ下がった。

「レスラーか!」男が叫んだ。「たいしたもんだぜ!」

ピンキーがやっと起き上がった。「おれにまかせろ」

「ああ」相棒が言った。「取っ組み合いならおれの出番だ。ほらよ……」そして銃をピンキーに投げると、コートを脱ぎ始めた。

「おれが殺してやる!」ピンキーがうなった。

でかいほうが巨大な手をあげて、ピンキーを制した。「おれがやった後で、奴にまだ息があるようなら、後はおまえに任す」大男はズボンをたくしあげると、サムに向かって身構えた。「リングでのおれを見たことがあるだろう。おれはかつて、ジョー・コジンスキーという名のレスラーだったんだぜ。クリップル・クリークの粉砕機《クラッシャー》と呼ばれていた。相手をぺしゃんこにしてやったからな」

「受けて立とうじゃないか」サムが言った。「勝者がすべてをいただくからな」

「なにをいただくんだ?」

「おれがおまえらをたたきのめして、銃をいただいて、ここからずらかるのさ」

「そりゃ、おまえは銃をゲットできるだろうさ」ピンキーが怒鳴った。「中身の弾丸をな。まずはおれが銃で殴って……」

「それは、おれがひと汗かいてからの話だ。もう一ヵ月近くも運動不足だからな」ジョー・コジンスキーが嬉しそうに言った。「さあ、来い、ダチ公。まずは軽く抑え込み《フォール》をお見舞いしてやるぜ」ジョーはレスリングのスタンスをとると、サムに向かってきた。

サムは脇にのいてコートを脱ぎ捨てると、粉砕機《クラッシャー》と向かい合った。

相手はサムよりも少なくとも五十ポンド（およそ二十キロ）は重そうだったが、両手を広げながら意外に素早く動いた。サムはその手をつかむと、指でがっちりロックした。

相手の顔に驚きの表情が浮かび、慌てて手を振りほどいた。「なかなかやるじゃねえか、おい?」

今度は慎重に近づいてきた。サムがジョーの懐に飛び込むと、相手は巧みに脇に体をずらして、サムの首に左腕を巻きつけてきた。体を屈めて強烈なヘッドロックをかけ、さらに圧力をかけてくる。

「これを抜け出せるかどうか、お手並み拝見といこうじゃないか」ジョーは楽しそうに言った。

サムは足を踏ん張って体を支え、わずかに腰を上げた。そして、いきなり頭を下げ、ジョーの腕から逃れて素早く向きを変えたかと思うと、相手の左腕をつかんで、それを背中へねじあげた。

ジョーが痛みに悲鳴をあげた。

サムはそのまま無理やりジョーをひざまずかせて言った。「降参だと言えよ」さらに圧力をかけると、ジョーはついに腹ばいになって、床の分厚い埃の中に顔を突っ込んだ。

サムは相手の背中に座り込んで押さえつけ、さらに力をこめた。

隙を見て、ピンキーが参戦してきた。前に踏み出し、サムの頭に銃で激しい一撃をくらわせた。サムは空いている腕を振り上げて応戦しようとしたが、その一撃をまともにくらってひるんだ。ジョーを締め上げていた腕を外し、素早く飛び起きた。

今度はピンキーに向かっていったが、足元にのびている奴のことを甘くみていた。ジョーが体の向きを変えて仰向けになり、サムの足首をつかんで引っ張ったのだ。サムは床に背中を打ちつけて倒れた。

ジョーがよろよろと立ち上がったところへ、サムが蹴りを入れて再びダウンさせた。サムは立ち上がると、ジャンプしてドロップキックをお見舞いしたのだ。サムの踵がジョーの胸の上を直撃し、彼を後ろへ倒した。サムは体勢を整えて、もう一度、ドロップキックを繰り出したが、今度の標的はジョーではなかった。

ピンキーはふいをつかれ、なんの構えもしていなかった。二百二十ポンド（およそ百キロ）の体重がかかったサムの両足の蹴りをまともに顔面にくらってしまった。

ピンキーは壁に打ちつけられて崩れると、そのまま、座った姿勢でのびてしまった。その手から銃が落ちた。

サムは締めに入った。銃を拾い上げるとそれをジョーに向けた。

ジョーはレスリングの態勢に戻っていたが、その視線はサムの手の中の銃に向けられていた。

「フェアじゃねえな」

「そうだよ」サムが言った。「不公平だ」

「取っ組み合いは終わりにするのか?」

「いつでも受けて立つさ」とサム。「いつでもな。おれが胴元のモーリーをとっつかまえて、たっぷりお仕置きしてからだ。それまでは休戦だ」そう言ってドアに向かった。

第十七章

ウォラー・シニアは椅子に座り直し、ジョニーを見つめた。「冗談だろう、ミスター・フレッチャー？　本当なのか、ウィリーの曲に……六万五千ドルだなんて？」

「どうやら本当のようですよ」ジョニーが言った。

「だが、手の込んだ冗談の可能性もある」

「リバーサイド・タワーズにちょいとひとっ走りすれば、すぐにわかりますよ。一緒に行きますか？」

ウォラー・シニアはためらいながら立ち上がり、首を振った。

「いや、わたしは行かないが経過は知りたい。戻ったら、すぐに会いに来てくれないか？　わたしはウィリーの部屋に待機していようと思う。電報で予約したのでね」

ふたりは部屋を出て、ジョニーはフロントまでウォラー・シニアにつきそった。ウォラーと別れると表から通りへ出て、外にいたタクシーに乗り込んだ。

「リバーサイド・タワーズまで」

車はすぐに発車して六番街を突っ走り、左折してそのまま五十九丁目まで進むと、そこで左折し、リバーサイド・ドライブへと向かった。コンスタンティン・パレオロゴスとの電話での会話から三十分もたたないうちに、ジョニーはリバーサイド・タワーズのエレベーターに乗っていた。

建物の外観やロビーに置かれた豪華な調度品をちらりと見ただけで、ジョニーの気ははやった。ミスター・パレオロゴスはきっと本物の金持ちに違いない。

十二階でエレベーターを降りると、専用フロアになっているのがわかる。つまり、パレオロゴスがフロア全体を使っているということだ。

エレベーターのすぐ向かいのドアに〈パレオロゴス〉としっかり書いてある。ジョニーは真珠色のブザーを押した。

チャイムが響く音がした。白いジャケットを着たフィリピン人がドアを開けた。

「フレッチャーだが、ミスター・パレオロゴスに会いに来たんだ」

執事はおじぎをすると、ドアを大きく開けた。「どうぞ、サー。ミスター・パーロゴスがお待ちです」

パレオロゴスは、ハドソン川をはさんでニュージャージーまで見渡せる豪奢な部屋にいた。白髪を頭の上に高く結い上げた浅黒い男で、関節炎のせいか、床と平行になるほど腰が曲がっていた。

「ああ、ミスター・フレッチャー！」パレオロゴスは、下の方から手を伸ばしてジョニーに挨拶した。「お会いできて、うれしい」

ジョニーは痛々しいその手にわずかだけ触れた。「ご機嫌いかがですか、ミスター・パレオロゴス?」

「おひとりでおいでかな、ミスター・フレッチャー?」パレオロゴスが訊いた。「ミスター・クラッグとご一緒かと思ったが。わたしが購入したい、あの曲の所有者だからね」

「彼は多忙で」ジョニーは淀みなく答えた。

「それが、あなた方若い人たちの困ったところだ」パレオロゴスはたしなめるように言った。「いつもバタバタと忙しい。朝も晩も忙しく動き回っている」

「ときには昼もですよ」とジョニー。「まだまだ、蓄えなくちゃいけませんからね」そして、まわりの家具類を示した。「あんただって、自分で財産を築いたんでしょう?」

パレオロゴスはくすくす笑った。「ちょっとした財産はつくってきたが、もうちょっと増やしたいものですな。ご覧のとおりこの体ですから、残念ながらかつてのようにバリバリというわけにはいかないが、でも、まだいろいろなことに興味はあります。なににも関心がなくなったら、死装束を作っておいたほうがいい」そして、わずかに体を伸ばし、諭すように指を立てた。「とはいえ、わたしはまだ死ぬ準備はしてませんがね。座ったらどうかな?」自らもドサリと音をたててソファーに腰を下ろした。

ジョニーはその近くに座った。「ミスター・パレオロゴス、どんな仕事をしているのか、うかがっても?」

「わたしは投資家なんだ。数多くのビジネスに投資しています」関節炎の男は答えた。「そのひとつが、たまたま音楽出版事業なのですよ」

「ランガー出版とか?」

「ああ、まあね。レコード会社にもかなり投資している」

「デイジー・レコードですか?」

「そのとおり。あなたは音楽ビジネスに通じているようだ」

「知っているのはその二社だけですよ」ジョニーが答えた。「ランガーは、《アイ・ラブ・ロリポップ》という曲を出版しているし、デイジーは……」

「……そのレコードを出している」パレオロゴスがうなずいた。「ここには、わたしたちふたりだけだ、ミスター・フレッチャー。ほかには誰もいない。弁護士もね。腹を割って話そうじゃないですか。わたしは、《アップル・タフィー》は盗作されたと思っている。ここで、あなたの前でそれを認める。証言台の前ではなくてね……」

「なにも聞こえず、口もきけず、目も見えない人物が《アイ・ラブ・ロリポップ》が、《アップル・タフィー》の盗作であることを知っていると」

「残念なことに、ミスター・フレッチャー、陪審員たちはときに、なにも聞こえず、なにも話さず、なにも見えなくなるものです。あなただって、そのどれかになるかもしれない」パレオロゴスが笑った。「この件は、平和的に片をつけるほうがずっといい」

「そう」とジョニー。「六万五千ドルは相当平和的ですね」

「それなら、片がつくと?」

「そうは単純にはいかないんですよ、ミスター・パレオロゴス。ウィリー・ウォラーはあの曲のせいで殺されたんです……」

「殺された？　殺人とは、聞き捨てならない言葉ですな、ミスター・フレッチャー」

「殺人は卑劣なことですよ」

「もちろん。もちろん、そうです」パレオロゴスは曲がった指を辛そうにさすった。「長年、ビジネスをやってきましたから、その間にわたしがやむを得ずしたことの中には、真のホレイショ・アルジャー・ジュニア（一八三二〜九九。アメリカの小説家。貧しくてもアメリカンドリームを実現させることができるという内容の小説が多い）のファンには受け入れ難いようなこともいくつかあるのは確かです。わたしは殺人とは無縁だが、人殺しはどんな状況であっても看過することはできない。だから、あなたが心を痛めているのはわかる。《アップル・タフィー》を作曲したミスター・ウォラーが殺された。新聞で読みましたよ、ミスター・フレッチャー。だから、あなたとミスター・クラッグのことも知っている。ミスター・ウォラーが死んだときに現場にいたことも……」

「彼が殺されたとき、です」

「おしえて欲しい！　新聞ではわからなかった、《アップル・タフィー》の権利を手に入れたいきさつを」

「相棒のサム・クラッグが、クラップスで賭けに勝ったんですよ」

「本当に？　うーん、それが果たして法廷で通用するのかどうか。とくに、その後でミスター・ウォラーが死んでいることを考えると」

「法廷には出廷したくないということですか、ミスター・パレオロゴス？」

「そう。わたしは法廷が嫌いなんだ。しかし、曲そのものの所有権は別として、あの曲がクラッグ氏のものになったという証拠はあるのかね？」

「ウォラー自身が、手書きで楽譜に書いていますよ」

「見てもよろしいかな？」

ジョニーはためらったが、胸のポケットから楽譜を取り出してパレオロゴスに渡した。

投資家はウィリーが書いた文字をじっくりと調べた。

〝貴重な対価として、私は、この曲《アップル・タフィー》のすべての権利を売却・放棄し、これをサム・クラッグ氏に譲る。署名ウィリー・ウォラー〟

パレオロゴスは考え込みながらうなずいた。「法的な専門用語のページが少し足りないが、自筆の遺言書として、おそらく法廷で使えるでしょう。了承しましたよ、ミスター・フレッチャー」パレオロゴスは嬉しそうに笑顔を見せると、ソファーのヘッドレスト部分にある収納部から、折りたたんだ紙と淡いブルーの伝票を取り出した。「ほら、ミスター・フレッチャー。ミスター・クラッグへの六万五千ドルの小切手と、こっちは売り渡し証だ。ミスター・クラッグがここにサインしてくれれば、小切手は彼の……」

「彼の代わりにおれがサインできないですか？」

「できますよ。クラッグ氏の委任状があればね」

「ああ」ジョニーが言った。「委任状が必要ですか？」

「当然でしょう。クラッグ氏は電話で、あなたが彼のための交渉権限を与えられていると言っていた。だから、あなたが彼のためにサインすることはできると思う」

「うっかりしてましたが」とジョニー。「委任状を持ってきていないんです」

パレオロゴスは残念そうに笑った。「クラッグ氏がご一緒じゃなかったから、てっきりあなたが委任状を持ってきたのかと」

「明日の朝にはお持ちしますよ」

「今日の午後にはこの件のケリをつけたいのですがね」

パレオロゴスはなかなか堅実な奴だ。「モーリス・ハミルトンという名の男のことを聞いたことがありますか、ミスター・パレオロゴス？」

「いや、ありませんな」

「胴元モーリーは？」

「いろいろなニックネームがあるんですね。だが、わたしにはよくわからないが……」

「胴元モーリーは〈四十五丁目ホテル〉の一室で、こっそりクラップスゲームを取り仕切っているんですよ。サムが《アップル・タフィー》を獲得したのはそのゲームでなんです。モーリーは今朝、最後通牒を突きつけてきました。自分がこの曲を手に入れたい、さもないと……」

「さもないと、なんです？」

「手下たちをおれたちのところに寄こすというんです。今から一時間ほど前に、本当に来ました。そして、サムをホテルから拉致していった。だから、おれは彼の委任状を持ってこられなかったんです」

パレオロゴスは茶色の瞳でジョニーを探るように見た。そして、考え深げにうなずいた。「モーリス・ハミルトン、と言いましたね？」

ジョニーはうなずいた。

パレオロゴスはまたソファーのヘッドレストを押した。その下の収納部はすでに開いていて、中が見えていた。そこには電話があった。パレオロゴスはそれを取り出すと、ダイヤルを回した。

「ヘンリー」パレオロゴスが言った。「モーリス・ハミルトンという男と話したい。胴元モーリーと呼ばれているらしい。すぐにだ」

受話器を置いたが、電話はまだパレオロゴスの膝の上にあった。

「このハミルトンという男とビジネスをしたことがありますか、ミスター・フレッチャー」

「ときどき、奴から数ドル巻き上げられます。でも昨日、パープル・フェザントという馬で奴を出し抜いてやりました」

「ああ、そうですね。彼女は大枚を稼がせてくれました」

ジョニーは目をぱちくりした。「二百二十二ドルですよ。でも、モーリーは、たった三十ドルしか払ってくれなかった」

「自分の馬券に保険をかけなかったんですか？」

「まったく、ニューヨーク唯一のアホな競馬野郎間違いなしですよ。馬券に保険をかけるなんて、聞いたこともありませんでした。いったい、誰と保険契約を結ぶんです？」

「胴元ですよ。掛け金の十パーセントを支払う」

そのとき、パレオロゴスの膝の上の電話がかすかに鳴り、彼は受話器を取った。「ミスター・ハミルトン、あんたが《アップル・タフィー》という曲を手に入れようとしていることに興味があってね。その曲の所有権について、わたし自身が交渉したいと思っている。わかるかな？」しばらく、間をおくとうなずいた。「さらに、あんたがその曲の法的な所有者であるクラッグ氏を拘束しているのも気になる。おお、それはよろしい。ありがとう」

パレオロゴスは電話を切って、ジョニーに微笑みかけた。「あなたの友人は、すでにハミルトン氏のお客ではないらしい。もう、ハミルトン氏とトラブルになることはないでしょう」

「どうもそのようですね」

「そのとおり。さあ、クラッグ氏の委任状を手に入れるか、本人をここに連れてきて、売り渡し証にサインしてもらえれば、わたしは喜んでこの小切手を進呈しよう」

「一時間で戻ってきます、ミスター・パレオロゴス。とんずらしないでくださいね」

「そんなことはするつもりはありませんよ」パレオロゴスは顔をしかめて言った。

第十八章

ジョニーはパレオロゴスの部屋を出ると、一階へ下り、正面ドアを出た。すると、ひとりの男が声をかけてきた。生気のない目をした痩せた男で、顎に小さな傷がある。三日月型の白い傷で、下がフックのように曲がっている。

「ミスター・フレッチャー」男は言った。「ちょっと待った」

男はわきの下から銃を出してちらりと見せると、すぐにしまった。だが、手は左の襟の下にいれたままにしていた。

「ウィリー・ウォラーを殺《や》った奴だな！」ジョニーは叫んだ。

「大声を出さないほうがいいぜ、ミスター・フレッチャー」傷男は言った。「騒ぎを起こすと、おれはあんたを殺《バラ》さなくちゃならない。べつに不本意というわけではないが、逃げなくてはならないし、無駄な労力は使いたくない。ウィリー・ウォラーから手に入れた曲を渡してもらおうか」

「おれもそうしたいんだが」ジョニーが答えた。「あいにく、今は持っていないんだ」

「そいつはまずいな」傷男は気の毒そうに言った。「三つ数えるうちに、ポケットから出さないと、膝がしらにお見舞いするぜ。ワン……ツー……」

ジョニーはポケットから楽譜を取り出すと、歩道に投げ捨てた。傷男《スカーフェイス》は物憂げににやりとした。

「下がれ」

ジョニーはすぐに一歩退いた。男が進み出て、身を屈めて楽譜を拾った。ちらりとそれを見ると、すぐにポケットに突っ込んだ。

「あの角まで、おれの後をつけたっていいぜ」男が言った。「だが、そんなことしたら、弾丸をくらうことになるぞ。今度は膝がしらじゃなくて、その頭にな」

男はまた、気だるそうな笑みを見せると、急ぎ足で角を曲がっていった。

ジョニーはひそかに数えていた。「ワン、ツー、スリー、フォー……」そして、角に向かって全速力で走り出した。

角を曲がると、ちょうど傷男がタクシーに乗り込んでいるところだった。ジョニーがふいに足を止めると、タクシーの中の男がこちらに向かって敬礼のまねごとをした。

サムが〈四十五丁目ホテル〉に戻ってきたとき、エディー・ミラーはロビーに立っていた。「配達の入口はここじゃないぞ」エディーはサムに向かって冷たく言い放った。「外へ出て、地下へまわって」

「おれだよ、サム・クラッグだ」サムが睨みつけた。

エディーはまじまじとサムの顔をのぞきこんだ。「いったい、どうしたっていうんです？　石炭シューターから真っ逆さまに落っこちたような姿ですね」

「拉致されたんだ」サムが答えた。「で、誘拐犯と取っ組み合いをしたんでね」

「どっちが勝ったんです？」

「おれが勝ったに決まってるじゃないか。じゃなきゃ、どうして今ここにおれがいる?」サムは叱りつけるように言った。「ジョニーは部屋か?」

「一時間ほど前に出かけましたよ。あなたのことをとても心配していました」エディーはさっとあたりを見回すと、声をひそめた。「ミスター・フレッチャーがピーボディから金をせしめたって本当ですか? またしても?」

「二十ドルばかりな」サムはにやにやしながら言った。「悪くないだろう、え?」

エディーはゆっくりと長いため息をついた。「誰も……今まで誰ひとりとして、ピーボディから金をふんだくった奴はいません。一月の半ばの寒空に飢え死にしかけている自分の母親にすら、二十ドルをやるような男じゃないんですから」

胴元モーリーがエレベーターから下りてきた。フロントへ向かいかけて、サムの姿を見つけると、はたと足を止めた。サムはモーリーのほうへ行った。

「あんたの筋肉坊やたちはたいしたことなかったぞ」サムはくってかかった。「次もまた、何人か送り込んできたらどうだ?」

モーリーは後ずさりした。「おれが? おれはあんたのところに誰も送り込んでなどいないぞ」

「あんたじゃないって? ピンキーとその相棒って野郎だぞ」

「ピンキーなんて名前の奴は知らない」

サムがモーリーのほうへ手を伸ばすと、彼は哀れな声をあげて入口のほうへ駆け出した。サムはきょとんとしたが、肩をすくめて待っていたエレベーターに乗り込んだ。

第十九章

ジョニーが八二一号室に戻ってきたとき、サムは鼻歌交じりでシャワーを浴びていた。「サム？大丈夫か？」ジョニーは声をかけた。

「もちろん、ジョニー。ちょっとばかし運動しただけだ。それだけさ。すぐに出るから、事の次第を話してやるよ」

そのとき、電話が鳴った。ジョニーはとっさに受話器を取った。

「ミスター・フレッチャー？」ウォラー・シニアだった。

ジョニーはひるんだ。「はい。ミスター・ウォラー」

「取引は成立したのかな？」

「ああ、ええ。いいえ、まだです」

「どういうことなんだ。成立したのか、していないのか、どっちなんだ？」

「小切手を見ました」ジョニーが答えた。「きちんとした合法なものでした。でも、サム・クラッグの委任状を取りに戻ってきたんです。それから、ちょっとしたハプニングが起こって……」

しばらく間があった。「なにがあったんだ、ミスター・フレッチャー？」

「実は……強盗に遭ったんです。ご子息を殺した男です。それで、曲の楽譜を奪われました」

ウォラー・シニアは、それほど心配していないようだった。「わかった。なるほど、すっかり理解したよ、ミスター・フレッチャー。六万五千ドルは大金だからな」

電話が切れた。

サムがぞんざいにタオルを巻いて、浴室から出てきた。

「誰からだ？」

「ウィリーの親父さんからだ。ちょっと前に彼と会って話した。それから、ミスター・パレオロゴスが電話してきて……」

「そうだ、そのことを話そうと思っていたんだ。それで、どうだった？」

「パレオロゴスを訪ねていって、そこで会えたよ」

「彼はどこにいる？　ベルヴュー（ニューヨークにある米国最古の病院）か？　あの曲にとんでもない大枚を払うと言ってきたんだ。一瞬、有頂天になったが、よくよく考えてみると奴はいかれた……」

「違うんだ」ジョニーが口をはさんだ。「ちゃんとした金持ちだった。実際、彼は六万五千ドルの小切手を持っていた……」

「じゃあ、本物か？」サムが叫んだ。「おい、見せてくれ……！」

ジョニーは大きなため息をついた。「おまえが書類にサインしなきゃならないんだよ、サム」

「ああ、それがなにか問題か？　おれが字が書けないとでも？」

「なにが問題って、サム、もうあの曲の楽譜が手元にないことなんだ。顔に傷のある男と出くわして……」

「ウィリーを殺《や》ったやつか？」サムは急に怖気づいた。「奴は虫唾が走るような野郎だ！」

「銃を持っていて」とジョニー。「それをおれに見せた。しっかり弾が装填されていて、おれを撃つ気満々だと妙に直感したよ。それでつい……奴に楽譜を渡してしまったんだ」

サムはうなった。「つくづく、おれたちは金に縁がないな、ジョニー。六万五千ドルなんて、おれたちには分不相応な金なのかもしれない」

また、電話が鳴った。ジョニーは無意識に出た。「はい？」

「フレッチャーか？　タークだ……」

ジョニーは嫌な顔をした。「なにか用かい、警部補？」

「あんたと相棒と一緒にダウンタウンに来てくれ」

「遥々、センター・ストリートへか？」

「そのとおり。面通ししてもらいたい人物がいる」

「誰だ？」

「ニック・コンドルという奴だ」

「そんな奴は知らないな」

「こう言えば、わかるかもしれん。昨日の午後、〈ソーダスト・トレイル〉にいた男だと思う」

「ありえない。ついさっき、そいつとリバーサイド・ドライブでバイバイしたばかりだ」

「二十分前にセントラルパーク西の七十二丁目で奴を確保した。だから、実際はまだダウンタウンじゃないが、おれがそこまで連れていく……」

「あんたが奴を捕まえたのか？」

「違う。うちの活きのいい若い連中のひとりだ。コンドルの乗ったタン&グレイ社のタクシーが信号を無視して、ほかの車とぶつかったんだ。コンドルの人相書が出回っていたんで、その交通整理の坊やがピンときて連絡してきた。たまたま、わたしが近くにいたんで無線を受けたというわけだ」

ジョニーはがぜん興味がわいてきた。「ひとつ訊いていいか、警部補――そのコンドルって奴は、右の顎に小さな白い傷があるか？」

「ビンゴ」

「三日月みたいな形で、下が小さなフックのように曲がっている」

「ダブルビンゴ」

「今すぐに行く！」ジョニーが叫んだ。

ジョニーは受話器をたたきつけるように置いた。「なにをぐずぐずしてるんだ、サム？　おまわりが顔に傷のある男をとっ捕まえたらしいぞ」

サムはとっさにドアのほうへ向かったが、裸なのに気づいて、着替えるために浴室へ入っていった。

午後も遅かったため、面通しは非公式に行われた。ジョニーとサム、二、三人の警官が待つ部屋に、四人ばかりの男たちが、ぞろぞろ入ってきた。

「あいつだ」サムがニック・コルドンを指さして言った。

ターク警部補が探るように視線を向けると、ジョニーもうなずいた。「間違いないな」

「コンドル！」警部補が呼んだ。

ニック・コンドルは離れたところから、無表情のまま警部補を見た。

「今度は、劇場での悪臭爆弾騒ぎどころの話じゃないぞ、コンドル。長い服役《おつとめ》になる」警部補が憎々し気に言った。

コンドルは肩をすくめた。「おれにはアリバイがあるぜ」

「アリバイがあるだって?」ジョニーがたたきつけるように言った。「よく言うぜ。こいつはつい一時間前におれの顔に銃をつきつけたんだ」

「どんな銃だ?」コンドルが訊いた。

ジョニーが警部補に訊いた。「こいつはオートマチック銃を持っていなかったか?」

警部補は首を振った。「おそらく、途中で側溝にでも捨てたんだろう」

ひとりの警官が部屋に入ってきて、警部補と視線を合わせた。警部補がそばに行くと、警官は小声でなにかささやいた。「誰が奴に電話を使わせたんだ?」警部補が声を荒げた。

警官は肩をすくめた。「わかりません。十分か十五分の間、奴はブタ箱にいました。おそらく、ほかの収容者に小銭をつかませて電話させたのではないでしょうか」

「くそっ」警部補は毒づいてコンドルのほうを示した。「やりやがったな、コンドル、おまえの口利き屋がおいでなすったぞ」

「彼はそんな風に呼ばれたくないだろうな」コンドルが落ち着きはらって言った。

「奴を釈放するつもりなのか?」ジョニーが叫んだ。

「奴の弁護士はオスカー・ティーグルだ」警部補が吐き捨てるように言った。「彼は顔の利く判事を知っている……」

きれいに髭を剃り、髪をなでつけた男が部屋に入ってきた。コンドルに向かって合図すると、警部補のほうを向いた。

「残念でしたね、警部補」ティーグルが言った。

「電気椅子に座ったら、残念だと思うのはコンドルのほうでしょうな」警部補は顔をしかめた。

「チッ、チッ、八つ当たりする相手を間違えていますよ」弁護士はほがらかに言い返した。「わたしのクライアントにはアリバイがあります」

コンドルが乗じた。「おれは昨日、一日中スケネクタディ（ニューヨーク東部の都市）にいたぜ」

「確かにそうなんです」とオスカー・ティーグル。「四人の証人がすでに宣誓の準備をしています。さあ、行こうか、ニック」

「奴は嘘をついている」サムが急に声をあげた。

弁護士がサムのほうを向いた。「で、あなたはどちらさま?」

「おれのことを容疑者だとぬかした奴だ」コンドルが言った。

弁護士はじっくりサムを値踏みした。「目が悪いんじゃないですか？　眼医者に行ったほうがいいですよ」

「おれの視力は両目とも3・0だぜ」サムがぴしゃりと言った。

弁護士は舌を鳴らして憐れむように首を振ると、クライアントと部屋を出て行った。

警部補が手のひらを上に向けて両手を広げた。「お手上げだな。現行犯で捕まえるか、自白させる以外、手を打てない」

「奴がスケネクタディにいたことを証明できる証人が四人いると言ったよな?」ジョニーが訊いた。

警部補はうなずいた。「ニック・コンドルを、四、五回しょっぴいたことがある。奴は自称化学者だが――」そして、右のこめかみのあたりで円を描くような仕草をした。「劇場で悪臭爆弾騒ぎがあったり、化学薬品がらみの犯罪があったりするたびに、たいてい奴が近くにいるんだ。だが、ボストンだとか、スケネクタディだとか、絶対、犯行時に犯罪現場にいられたはずはない、十分に遠いところに奴がいたのを見たと証言する証人が都合よく出てくるってわけだ」

「おれと奴を二分間、ふたりきりにさせてくれたら、吐かせてやるんだがな」サムがぼそりと言った。

「一年半前に事件があった」警部補が言った。「コンドルが、四番街にあるクリーニング店で服の棚や洗濯機めがけて酸を投げつけた。店にいた客のひとりが、はっきりと奴がやったと証言した。店の主人とその妻も同様に証言した。最終的にどうなったかわかるか?」

「コンドルはそのときスケネクタディにいたっていうんだろう?」ジョニーが答えた。

「そのときは、フィラデルフィアだった。法廷でそれが証明された。例の店の客は自分の証言を撤回し、結局、偽証罪で六ヵ月の刑を受けた」

「やるな」ジョニーがうんざりしたように言った。「コンドルはふたりも殺しているのに無罪放免ってわけか……」ジョニーはサムを促した。「行こう、サム。おれたちが牢にぶちこまれる前に」

「なんの罪で?　そんなことできるわけがない……」

サムはジョニーの目を見て、そのまま従い、廊下に出てから訊いた。「なにをそんなに急いでいるんだ?」

「サツはコンドルの銃を見つけていない」ジョニーが言った。「あの曲の楽譜もな。コンドルはきっと、ふたつとも取り戻しに行くぞ」

「どこへ?」

「タクシーの中に決まっているだろう?　事故った瞬間、奴は警官がいることを知った。とっさに、銃と楽譜を車の中に隠したに違いない。きっと今、それを回収に行く途中だ。それを阻止しなくちゃならない」

「ニューヨークには三万台のタクシーが走ってるんだぞ」サムが叫んだ。「そのタクシーをどうやって見つけるんだ？」

「タン&グレイ社のタクシーが、今日一日で三万台もいっぺんに事故るわけないだろう」ジョニーが言った。

警察署の外廊下に電話ボックスが並んでいる。ジョニーは電話帳をとりあげて番号を調べた。「アップダイクの二の四五三八だ」

ボックスのひとつに入ると、投入口《スロット》に硬貨を入れて、アップダイクのナンバーを回した。少しすると、ぶっきらぼうなしゃがれ声が聞こえてきた。「はい。タン&グレイタクシー……」

「こちらはアウターステイト保険会社ですが、」ジョニーがてきぱきと伝えた。「お宅のタクシーが一台、今日の午後、セントラルパーク西の七十二丁目で事故を起こしましたね。当社の調査員が当該車両を調査したいのですが」

「アウターステイト保険会社なんて聞いたことないなあ」電話の向こうの相手はそっけなく言った。

「あなた方に対する訴訟が始まったら、嫌でも耳にすることになりますよ」ジョニーは言い返した。「さあ、どうします？　そのタクシーがどこにあるかおしえるか、それともこっちが令状を取らなければならないか……結局は高くつくことになるでしょうねえ」

一瞬、沈黙があった。それからしゃがれ声は、いくぶんなだめるような口調になった。「ブロンクス・ハイツ修理工場にありますよ。一五七丁目のコンコースです」

ジョニーは電話を切った。ふたりは建物を出ると、タクシーへと向かった。

「地下鉄じゃ、だめなのか?」サムが訊いた。

「六万五千ドルだぞ」ジョニーが言った。「ニック・コンドルに先を越されちまう。それを阻止するための費用だ」

第二十章

　ダウンタウンからブロンクスの修理工場まで、四ドル六十セントかかった。ジョニーは運転手に五ドル札を渡して、釣りは取っておけと言った。

　タン&グレイ社のタクシーは、ガレージにあった三台のタクシーのうちの一台だった。ふたりの整備工がほかのタクシーで作業をしていた。

　ジョニーとサムは目指すタクシーに向かっていった。車の前部分が大破していて、片方のヘッドライトも完全に壊れていた。ジョニーは車のまわりを一周してから、後部座席のドアを開けた。体のでかい、髭面の男が、修理工場の事務所から出てきた。

「おい、なにをやっているんだ?」男がけんか腰で言った。

「事故車を調べてるんだよ」ジョニーが言い返した。

「それだけじゃないんだろ」男が吐き捨てるように言った。「とっとと失せろ」

「サム」ジョニーが言った。「あいつが、うざいんだが」

　そして、後部座席のクッションの後ろに手を突っ込んだ。

　髭男は大声で悪態をつくと、タクシーのほうへ向かってきた。サムは男の胸に手を当てて乱暴に突き返した。髭男はもう少しで後ろにひっくり返りそうになった。

髭男が叫んだ。「ソリー！　ルーク！」

ふたりの整備工が仕事の手を止めて、こちらに集まってきた。ひとりはご丁寧に手にレンチを持っている。

サムは髭男に飛びかかると、両腕でつかまえて向きを変えさせ、向かってくる整備工たちに向き合わせた。ふたりのうちひとりは右、もうひとりは左と、二手に分かれた。右側の男が手にレンチを持っている。

サムは髭男の体を持ち上げ、レンチ男に向かって勢いよくぶつけた。髭とレンチは両方とも床に転がり、レンチが手から離れて吹っ飛んだ。残ったもうひとりのほうを見ると、相手にしないほうが利口だととっさに悟ったようだ。

ジョニーはというと、タクシーの後部座席のクッションの後ろから《アップル・タフィ》の楽譜を引っ張り出し、車から降りてきた。

「お見事、サム」ジョニーは相棒に賛辞を贈った。「行こうぜ」

「取り戻したか？」

「ああ」

床に倒れた整備工が、のたうちまわりながらレンチを探していた。もうひとりは、じりじりと後ずさりしている。だが、髭男は立ち上がり、まだ向かってこようとしていた。

「警察を呼ぶぞ」髭男が甲高い声をあげて、事務所へ走った。

ジョニーとサムは入口のほうへ向かった。そのとき、ドアの前に音をたててタクシーが停まり、ニック・コンドルが降りてきた。コンドルはジョニーとサムの姿を見ると足を止めた。

「これは、おもしろくなりそうだぜ」サムが言った。

ニック・コンドルは踵《きびす》を返して乗ってきたタクシーの中に戻ろうとした。サムは彼を捕まえ、首の後ろに素早く一撃をみまった。コンドルは、体半分は車の中、あとの半分は車外という格好で崩れ落ちた。サムはその足をつかんで、車の中に乱暴に押し込んだ。

「イースト・リバーに投げ捨てていいぞ」驚いている運転手に言うと、サムは両手をはらいながら、ジョニーと合流した。


お仕着せを着たドアマンが、リバーサイド・タワーズのドアの前に立ちふさがった。

「ミスター・パレオロゴスに会いたい」ジョニーが言った。「おれたちを待っているはずだ」

「ミスター・パレオロゴスは、お出かけになりました」ドアマンは横柄に言った。

「いつ?」

「ほんの数分前です」

「待たせてもらうぞ」とジョニー。

「それはお勧めできません」とドアマン。「お車でお出かけになりましたので、しばらく戻られないと思います」

ジョニーは小声で悪態をついた。ふたりがドアから離れると、サムが心配そうに言った。「彼は、おれたちを避けているんじゃないか、ジョニー?」

「おまえの勘はおれと同じくらい冴えてるな、サム。数時間前には、あんなにあの曲の楽譜を欲しがっていたのに」

「まさか……」サムは言いかけて首を振った。「いや、ありえないな」

「ニック・コンドルか？　ずっといろいろ考えていたんだが、サム。どうして奴は、おれがパレオロゴスに会いに来たことを知ったんだろう？」

「ホテルから、尾《つ》けられてたんじゃ？」

「どうして、奴はおれたちが住んでる場所を知ってるんだ？」

サムははっとして息をのんだ。「ああ、昨夜、おれがゲロっちまった」

ジョニーが声をあげた。「だから、奴はホテル周辺をうろついていて、おれが出てくるのを待っていたのかもしれない」そして言葉を切った。「あいつにはぞっとする。おれたちの住まいを知られてるのは不気味だ」

「おれは、まったく怖くないぜ」サムがきっぱりと言った。「ブロンクスで、おれが奴にしたことを見ただろう」それから咳払いした。「もちろん、奴が銃を手にしていないときの話だがな」

ふたりはブロードウェイに向かって歩き、地下鉄でタイムズスクエアまで行った。

ホテルに着くと、ふたりに伝言が届いていた。〝ミス・ドワイヤーに電話されたし。サスケハナ二の四〇二六〟

ジョニーはデスクの電話を取った。フロント係がすかさず言った。「ミスター・フレッチャー、あなたの勘定につけますよ」

「ピーボディに言ってくれ」それからジョニーは電話の交換手に伝えた。「サスケハナ二の四〇二六につないでくれ」

少しすると、ドナ・ドワイヤーが出た。「もしもし？」

「ジョニー・フレッチャーだ。あんたの伝言を受け取った」

「ああ、そのようね。ジョニ――ああ、ミスター・フレッチャー、あたしのアパートに寄ってくれないかしら？　ちょっと話したいことがあるの」

「八時半でどうだ？」ジョニーが訊いた。

「だめ。その時間までにクラブへ行く支度をしなくてはならないから。今、来られない？」

「住所は？」

「西五十九丁目一四七のアパート、五一二号室よ」

ジョニーが電話を切ると、サムが口を開いた。「とにかく、休憩しようぜ」

「おまえも一緒に来るだろう、サム」

「三人じゃ多すぎるのはわかってるんだ。それに、ひどく腹が減った」

ジョニーはポケットに手を突っ込んで、少しためらった。「おまえに十ドル持たせて、大丈夫か？」

「おいおい、それは昨夜の話だろう」

「今夜もまた、同じことが起こるかもしれない」

「ふん、おれはただ、ちょいと腹ごしらえしに行こうとしてるだけさ。その後は寝るよ」

「それなら、十ドルも必要ないな」

ジョニーはサムに五ドル渡した。だが、サムが傷ついたような表情をしているのを見て憐れになり、結局、追加で五ドル渡した。ふたりは一緒にホテルを出たが、ジョニーはタクシーを拾い、セントラルパークを抜けて五十九丁目へ向かった。

第二十一章

ドナ・ドワイヤーの部屋がある建物は、ふたつの高層ビルにはさまれた古いビルだった。それでも、ビート風ナイトクラブで歌うことで生計をたてている女性にとっては、かなり高額な家賃を払っているに違いない。

建物の入り口に案内人はいなかった。ジョニーはセルフサービスのエレベーターで五階まで上がると、裏手に五一二号室を見つけてブザーを押した。

アフタヌーンドレスを着たドナがドアを開けた。「入って、ミスター・フレッチャー」

「ジョニーだよ」

ジョニーは部屋に入るなり、目をぱちくりさせた。パレオロゴスが、シフォン（軽くて柔らかい織物）のカバーがかかったソファーに座って、こちらを見ていたのだ。

「ああ、ミスター・フレッチャー」パレオロゴスが挨拶した。「わたしがここにいる間に来てくれて嬉しい」

「リバーサイド・タワーズに行ったんだ」ジョニーが言った。

「すばらしい。ミスター・クラッグの委任状をお持ちいただけましたかな?」

「ここには、その必要はないと思ったんでね」ジョニーはドナのほうを向くと、咎めるように言った。

「ほかに同席者がいると言わなかったな」

「あなたはミスター・クラッグの全権大使なんでしょ」ドナがけんか腰で言い返した。「当然、あなたもほかに誰かいると考えると思ったのよ」

「まあ、まあ、ミス・ドワイヤー」パレオロゴスが楽しそうに言った。「全員、落ち着かなくてはいけません。ビジネスというものは、当事者たち全員が平和的なら、すんなりと片がつくものです」

「あんたは、今日の午後には決着をつけたいと言ったな」ジョニーはパレオロゴスにきっぱり言った。

「金額については平和的に解決したんだから、それで契約成立のつもりだと、おれも言った」

「残念ながら、事は今日の午後で決着がつくような単純な話ではないようですよ」パレオロゴスが言った。「ミス……ええと、ミス・ドワイヤーが、故ウィリアム・ウォラー氏の遺産請求をされたのです」

「あたしは彼を支えてきたわ」ドナがぴしゃりと言った。「薄汚いホテルの家賃を払ってあげたし、彼はここにあるピアノで自分の曲を弾いていたのよ。それに、あたしたちは結婚するはずだった……」

ジョニーは慎重に指摘した。「とはいえ、婚約と結婚は同じじゃない。法的にはね」

「あたしに法律の講釈をしようっていうの？」ドナが怒りをぶつけた。「いいわ、これを見てよ！」

ドナはソファーのそばのテーブルに向かい、一枚の紙きれを取り出した。それは〈四十五丁目ホテル〉に備えてある便箋のコピーだった。なにか数行書いてある。

「自筆の遺書ですか」パレオロゴスが言った。

「コピーだけどね」ドナが言った。「オリジナルはあたしの弁護士が持っているわ」

ジョニーは紙を受け取った。そこには次のように殴り書きされていた。

〝私の所有しているものすべてを、私の婚約者であるドナ・ドワイヤーに遺産として譲る。　ウィリアム・ウォラー〟


上のほうに日付が書いてある。

ジョニーが指摘した。「彼は昨日、これを書いたわけか」

「昨日の朝よ」ドナが答えた。

「だが、ここにはそう書いてないぞ。確かに日付は昨日、六月四日のものだが、あくまで日付だけだ。そうなると、彼は《アップル・タフィ》をクラップスで失った後で遺書《これ》を書いた可能性もあるわけだ」

「鋭い指摘ですな、ミスター・フレッチャー」パレオロゴスが言った。「彼がこの自筆の遺書を書いたときには、すでに曲の所有者でなかったのだとしたら、曲を遺産の一部とみなすことはできませんね」

「それはないわ」ドナが反論した。「昨日の朝――朝食のすぐ後で、あたしが五十ドルをウィリーのために用立てたときに、彼はこれを書いたのよ。そのお金は滞納している家賃の支払いに使うと彼は言っていたわ」

「本当に彼は家賃を払ったのか？」

「そんなこと、あたしにわかるわけないじゃないの？　きっと、クラップスですっちゃったんでしょ。ほかにどこから、ゲームするお金を調達できるのかしら？」

「問題は」相変わらず楽しそうなパレオロゴスが口をはさんだ。「《アップル・タフィ》の正当な所有者は誰なのかということですな。どうやらこの曲は、ミスター・ウォラーの主要な遺産のようだ。ミス・ドワイヤーも、あなたの友人のミスター・クラッグも、自分が所有者だと言っている」

「遺言書は検認されるものじゃないのか？」ジョニーが訊いた。

「ああ、普通はしますよ。遺言書に誰の名前も指定されていなければ、裁判所が遺言執行者を任命します。未決済の遺言書が有効かどうか決めるのも、裁判所の判断に委ねられます……」

「有効に決まっているわ」ドナが言った。

「そうかもしれませんが」とパレオロゴス。「ニューヨークの裁判所は手書きの遺言書は好まないので、後回しにされることが多い。この遺言書の場合はその可能性が高い。でも時間が一番の要《かなめ》なのです。ウォラー氏の《アップル・タフィ》は、今のわたしにとって貴重なものなのです。今から一年後ではだめなのですよ」

「盗作なら、一年後も今も同じだな……」

「チッ、チッ」パレオロゴスが釘を刺した。「その話は、今はやめておきましょう。それより、提案があります、ミス・ドワイヤー。わたしは、ミスター・フレッチャーに、あの曲に六万五千ドル出すと提案しましたが……」

「もっと価値があるわ！」

「この状況では、極めて妥当な提案だと思いますがね」パレオロゴスは制するように手を挙げた。「ミス・ドワイヤーと、クラッグ氏の代理人であるミスター・フレッチャーのお二方の間で話をまとめてはどうでしょう？　それなら、法的な問題にせずに契約を完了することができます」

「どうやって？」ジョニーが訊ねた。「あんたが自分で検認すると言っているのか？」

「もし、ミス・ドワイヤーが、ウォラー氏が曲を売り払った後であの遺言書を書いたことを認めるなら、遺産の問題は発生しないので、検認の必要はありません」

「絶対にそんなこと、認めないわよ」とドナ。

パレオロゴスは節くれだった手を広げた。「ミスター・フレッチャーはどうです?」

「三分の一は」ジョニーが言った。「サム・クラッグ、三分の一はあんた、三分の一はウィリーの親父さんのものだ」

「なんで、ウィリーのお父さんが絡んでくるのよ?」ドナが叫んだ。

「彼は、これまでずっとウィリーを支えていた」ジョニーが言った。

「週二十ドルを彼に送金していただけよ」ドナがかみついた。「あたしは、もっと彼にお金を注ぎ込んだわ」

「わかったよ」ジョニーが認めた。「ウォラー・シニアの取り分は除外しよう。それなら、ふたりで分けるとすると……」

「あたしに五万ドルちょうだい」ドナが言い張った。「びた一文、欠けることなくね」

ジョニーはパレオロゴスのほうをうかがった。彼は首を振った。「あの曲は、最終的に十万ドルの価値になるかもしれませんが、前金は六万五千ドル以上は出せません」

「半分はどうだ」ジョニーがドナに言った。「三万二五〇〇ドル……」

「五万ドルよ」ドナが繰り返した。

「手詰《ステイルメイト》まりですかね?」パレオロゴスはこう言うと立ち上がった。「下に車を待たせてあります。ミスター・フレッチャー。喜んでお送りしますよ」

ジョニーはためらった。だが、ドナの目にテコでも動かない頑なな光を見ると、今はこれ以上、交渉するのは無駄だと悟り、肩をすくめた。

「恩に着る、ミスター・パレオロゴス」

パレオロゴスは、前屈みで両腕をゆらゆらと揺らしながら、ドアのほうへ向かい、そのままの姿勢で言った。「それでは、ごきげんよう、ミス・ドワイヤー」

「さよなら」ドナはぴしゃりと言い放った。

ジョニーはただ、ドナに会釈しただけだった。ふたりでエレベーターを待つ間、パレオロゴスは首を振った。「女性相手のビジネスは非常に難しいことはわかっていましたが」

「ビジネスでも、そうでなくても、難しいですよ」

パレオロゴスはくすくす笑った。「ああ、あなたのようにお若い人たちはね」

ふたりはエレベーターで下へ下り、通りへ出た。大きな車がレッドゾーンに停まっていた。制服を着た運転手が車から降りてきて、後部座席のドアを開けた。

「おれは四十五丁目に住んでいるから」ジョニーが言った。「あんたが帰る方向とは違う」

「構いませんよ。あなたとおしゃべりしたくてね」

ジョニーが車に乗り込むと、運転手がハンドルを握った。車は静かに動き出し、ほとんど振動も感じられないくらいだった。

「なかなか、いいね」ジョニーが感嘆した。「なんていう車ですか?」

「ベントレーですよ」

「気に入ったな。《アップル・タフィ》の取引が成立したら、こんな車を一台買おうかな。いくらかかりました?」

「忘れましたが、二千七百ドルだったか、おそらく三千……」

「ああ、悪くないですね。フォードと同じくらい……」

「失礼、桁が違いました」パレオロゴスが訂正した。「二万七千か三万です。車に全財産を注ぎ込むべきではありませんよ。賢い投資をしなさい、お若い人。自分の金は、自分のために運用するのです。それで、あなたのお友だちのクラッグ氏のことを聞かせてください。どのような方ですか?」

「世界最強の男ですよ」

「は?」

「それで、おれたちは生計をたてているんですよ」ジョニーが答えた。「サムが自分の胸に鎖を巻きつけて、筋肉の力だけでそれを引きちぎるんです。で、彼みたいに体が強くなれるちょっとした指南本をおれが売りさばくというわけです。タイトルは『誰でもサムソンになれる』」

「すばらしい!」パレオロゴスが声をあげた。「人間の心というものには、いつも驚かされます。アイデアは無尽蔵で、独創的で……。その鎖というのはとても太いものですか?」

「半インチの太さかな。一インチのこともあります」

「それを、クラッグ氏が引きちぎると? それは、鎖に細工がしてあるに違いありませんね。鉛製なのに鋼に見えるように作られていて、どこかが柔になっているのでは……?」

「ミスター・パレオロゴス、あんたが最初の百万ドルをどうやって作ったのか、おれが訊ねたことはないはずですが?」ジョニーは言った。

パレオロゴスはくすくす笑った。「あなたのことが気に入りましたよ、ミスター・フレッチャー。

あなたは鋭い思考の持ち主だ。素早く、鋭敏なね。《アップル・タフィ》の件で、ミス・ドワイヤーを妥協させる方法をなにか思いつきませんか？」

「ダメですね。でも、妙な点があるんですよ。今朝、会ったとき、彼女はウィリーの死にすっかり動転していて、遺言や相続のことなど、ひと言も言ってなかった。だから、おかしいと思うんです」ジョニーは思案気にうなずいた。「大虐殺《ホロコースト》の遺言はどうも怪しい気が……」

「手書《ホログラフ》きの遺言ですよ」

「あれは、いんちきだと思いますね」ジョニーは、《アップル・タフィー》の楽譜をポケットから取り出すと、最初のシートの上に書かれているウィリーの筆跡をにらんだ。

パレオロゴスものぞきこんだ。「わたしは手書きの専門家ではありませんが、この筆跡と、ドワイヤー嬢が持っているという故ウォラー氏の遺言とやらを調べてみるというのは、悪くないアイデアかもしれませんね」

ジョニーは首を振った。「でも、彼女があくまで遺書にこだわるなら、やっぱり裁判所行きになって、決着まで何ヶ月もかかることになる」そして大きくため息をついた。「ニック・コンドルにしゃべらせる方法を考えなくてはならないな」

「ニック・コンドル？」

「ウィリー・ウォラーを殺した奴です」

「なんですって？」

「ご存じない？　奴は今日の午後、逮捕されました。サムとおれが、奴の面通しをしたんですが、奴の弁護士だという人物が乗り込んできて、そのままふたりでドロンです」

「わたしにはよくわかりません」パレオロゴスが言った。「そのニック・コンドルという男がウォラーを殺した人物だと断言できるなら……」

「奴は犯行時刻に現場にはいませんでした。スケネクタディにいたと言っていて、それを証明する人間が四人いるらしい」

「コンドル」パレオロゴスが考え込みながら言った。「ニック・コンドル」

「自称化学者らしいのですが、悪臭爆弾を作ったり、酸をふりまいたりといった、ちんけな悪事をはたらいている、いかれた男です」ジョニーは縮みあがった。「酸をひっかけられるなんて、考えただけでぞっとする」

「当然ですね。コンドルはウィリー・ウォラーの敵だったのでしょうか?」

「ふたりに面識があったとは思えない。コンドルは些細な仕事で金をもらっていて、それだけが奴にとっての仕事のすべてなんです」

「雇われ殺人ということですね」

第二十二章

十数年前、ニック・コンドルは、モホークバレーの巨大な化学会社で働く優秀な若き化学者だった。マサチューセッツ工科大学を出て六年、すでに彼は、自分が選んだ業界でいくつかの注目に値する貢献をしていた。昇進が濃厚だった彼の上司が、若いコンドルを自分の後任に選んだ。会社は巨大で、施設も充実していて、かなり大きな国防契約にも恵まれていた。

ところが、コンドルは要注意人物だった。

その後、一瞬にしてすべてが暗転した。大規模な爆発事故で、煙とともにすべてが失われてしまったのだ。コンドルは命拾いしたが、顔のほとんどの皮膚を移植しなくてはならないほどの大怪我を負った。だが、顎の右側に三日月型の小さな傷が残っただけでなんとか回復した。

だが、本当に傷を負ったのは、コンドルの脳だった。何ヶ月分もの給料を引き出して、ある日突然、研究室に来なくなった。彼の専門性の高い頭脳は外界に対してすっかり閉じてしまい、それが彼にとって却って好都合となった。コンドルはすっかり壊れてしまったのだ。

その後、コンドルはニューヨークに現れた。時々、化学者としてささやかな仕事をしながら、あるときは二十ドル、あるときは五十ドルとか百ドルを受け取ることもあった。だが、ひとところに長く勤めて、他人の印象に残るようなことはしなかった。

コンドルはただ息をしているだけ、としか言いようのない男だった。友人は皆無、知りあいもしかり。ときどき誰かが、彼の提供するサービスを利用するだけだった。

コンドルの住まいは、西の一番はずれ、十二番街近くの西四十八丁目にある〝仕事場〟だ。そこには、ベッドがひとつとテーブルがいくつか、ふたつの椅子、複数の箱があるだけ。蒸留器、化学薬品や器具類が部屋中に散乱していた。隣接する小さなキッチンは散らかり放題。この建物には雑事をやってくれるようなサービスはなく、コンドルは自分のベッドを整えることすらしなかった。食べかすがこびりついて、ギトギトした汚い食器しかなくなると食事ができないので、しかたなく皿を洗った。鍋は化学薬品を混ぜるのに使い、同じ鍋で食べ物も温めていたため、化学薬品を味わうことも多かった。

小さなガスバーナーにかけている鍋は、ベイクドビーンズを作ったせいで上部周辺が焦げている。缶のビーフシチューを温めたときの牛肉が取っ手にこびりついていた。

鍋の中身から刺激性のにおいがしている。濃い茶色のその混合物は、強いヨード臭とアンモニア臭がした。だが、アンモニアの強烈なにおいが、ヨードのぼんやりしたにおいをほとんど打ち消していた。

コンドルは、木のスプーンでその混合物をかきまわして粘り気具合をみて、アンモニアが入ったボトルを取り上げると、数匙分をそこに注いだ。

そしてじっくりとかき混ぜて、鍋を火からおろす。

ナイフでその混合物をすくい、木の板に広げた四枚のディスクのひとつに平たく塗りつけた。さらにアンモニアを加えてかきまぜ、二枚目のディスクにも同じように塗った。

あと二回、同じ作業を繰り返し、しばらくすると、刺激臭のする混合物の色は淡い茶色に変わった。

混合物を塗った四枚のディスクが完成すると、コンドルは雑誌を取り上げて、それらをあおいで乾かした。それぞれの混合物はすぐに固くなり、ひとつひとつ指で慎重に感触を確かめて、十分に乾いていることに満足した。

コンドルはむっつりしたまま乱れたベッドのほうへ行った。朝、八番街の質屋で買ったばかりの疵だらけのトランペットを取り上げ、乾いた混合物が塗られた四枚のディスクが乗った木の板のほうへまた戻った。

コンドルはトランペットに口をつけると、深く息を吸い込んで吹き始め、半小節分を演奏した。すると、最初のディスクに塗った茶色の混合物が、突然、煙とともに消滅した。

コンドルはポケットから鉛筆を取り出すと、燃えたディスクのすぐ上のところ、木の板に直接数字を書き込んだ。そしてまた、トランペットを吹いた。

今度はフル小節を吹いたが、なにも起こらなかった。トランペットをいったん口から離して、もう一度吹いた。すると、二番目のディスクの茶色い混合物が爆発した。

「高音部のGシャープだな」コンドルはトランペットを口から離して言った。

そして、前屈みになって鍋の中の混合物をのぞきこんだ。

「アンモニアを若干少なくして」コンドルは声に出して言った。「粉末ヨードをもう少し増やそう」

それから、鍋の中の混合物に粉末ヨードを半ポンド（およそ二百グラム）加えてかきまぜ、ガスの火を弱めた。

コンドルは散らかった部屋を見回し、ベッドのそばにある電話のほうへ向かった。まず、ポケットから紙切れを取り出して、声に出して読み上げた。「サスケハナ二の四〇二六か」

その番号に電話した。コールはしていたが誰も出なかった。コンドルはひとりうなずくと、受話器を置き、狭いキッチンに戻った。鍋がかかっているガスの火を消して、ユニーダクラッカー（ナビスコの旧ブランド商品。箱入りクラッカーの元祖）の空箱を見つけた。中のくずを捨て、内側のパラフィン紙を取り除く。

それから、スプーンで鍋の中身をクラッカーの箱に移し始めた。箱がほぼいっぱいになると、その上からパラフィン紙でくるんで、丁寧にしっかり蓋をした。手の中の箱は柔らかく温かい。一時間もすれば、すっかり冷めて固まるだろう。一時間だけは箱は安全だが、乾いて固まると、これを扱う者にとってかなり危険な代物になる。もし、誰かがこの箱の近くで、トランペットで高音部のGシャープの音を奏でたら……。

第二十三章

ジョニーとサムとピーボディの間が、とりあえず丸く収まったので、サムは〈四十五丁目ホテル〉のロビー奥の食堂で食事をとろうと決めた。

分厚いミディアムレアのステーキを注文し、待っている間に固めのロールパンを貪り食った。いくつか食べ終えると、まわりを見回してウェイターを探し、追加を注文した。すると、ターク警部補が食堂に入ってくるのが見えた。警部補もすぐにサムに気がつくと、テーブルにやってきた。

「あんたのダチのフレッチャーはどこだ？」

「ここにはいないよ」

「それは見ればわかる。彼は今、どこにいるんだと訊いている」

「デートだよ」

「間をおかずにブロンクスに行っただろう」警部補がぴしゃりと言った。「今朝、彼に警告した。わたしは市から給料をもらって、殺人事件を捜査するのが仕事だ。廃車になったタクシーから、いったいなにを持ち出した？」

「おれが？　なにも……」

「フレッチャーか？」

サムは肩をすくめた。「どうして、おれが知っているんだ? あのとき、おれは手が離せなくてね」

そして、にやりとした。「せっかく、コンドルをしょっ引いたのに、あんたが釈放しちまったからな」

「だから、ここに来たんだ、クラッグ」警部補が不吉な言い方をした。「コンドルのことを警告するためにな。奴は危険な男だ。あんたとフレッチャーは、若いウォラーが殺されたとき、〈ソーダスト・トレイル〉にいた唯一の人物だからな」

「バーテンだって、いただろう?」

「姿を消したよ。休暇と称して、カナダかアラスカにトンズラしたようだぞ。なんらかの警告を受け取ったようだな。つまりだ、コンドルを名指しできるのは、あんたとフレッチャーしか残っていないというわけだよ」

サムは椅子の上でもじもじした。「奴がスケネクタディにいたと証言する目撃者が四人いると、あんたは言ったな?」

「裁判になったら、そう証言されるだろう。だが、裁判は何週間も先のことだ。それまでの間、あんたとフレッチャーは自由にあれこれ嗅ぎまわって、ちょっかい出すんだろう。あんたらは、コンドルにとって目障りなんだぞ。警告しているんだからな。それで、フレッチャーはタクシーの車内でなにを見つけたんだ?」

「彼がなにか探していたと?」

「コンドルの銃ではないだろう。シートの後ろに押し込んであるのを、わたしが見つけたからな。その銃がコンドルのものだと証明することはできないがね。指紋はきれいにふき取られていて、シリアルナンバーも削り取られていた」警部補は言葉を切った。「ミスター・ウォラー……」

ウィリアム・ウォラー・シニアが通り過ぎて、奥のテーブルに向かおうとしていたが、足を止めた。

「ああ、ターク警部補……」

「ミスター・ウォラー、こちらはサム・クラッグ。例の二人組のひとり……」

「フレッチャーの共犯《コンフェデレイト》だな」ウォラー・シニアが言った。

「南部人《コンフェデレイト》だって？　おれは北部人だぞ……」

「あんたは、わたしの息子から曲を盗んだ男だ」

「盗んでなんかいない、ミスター・ウォラー」サムが叫んだ。「正々堂々と勝ち取ったんだ。四十ドル賭けてね」

「四十ドルぽっち投資して、今はそれを売り飛ばそうとしているんだろう。まだだとしても、六万五千ドルで……」

「いったい、なんの話です？」警部補が口をはさんだ。

「わたしが、フレッチャーの部屋にいたとき、ミスター・パレオロゴスという人物から電話がかかってきたんですよ。用件は、あの曲に出すという金額の話でした。ミスター・フレッチャーは取引を成立させるため、すぐさま出向いて行きましたよ。少なくとも、彼は契約したでしょう」

　警部補はサムのほうを向いた。「そうなのか、クラッグ？」

「ううん、必ずしもそうとは言えないね。取引は成立していない。今はまだね」サムは顔をしかめた。

「ジョニーは、ミスター・パレオロゴスのところに行ったとき、強盗にあったんだ。そう、ニック・コンドルだよ。だから、おれたちはブロンクスの自動車修理工場へ行ったんだ。楽譜を探しに……」

「フレッチャーは見つけたのか？」

サムはためらった。

「どうなんだ、クラッグ」警部補が命令した。「答えろ」

「ジョニーがいてくれたらなあ」サムがつぶやいた。

「彼はどこだ?」

「ウィリーの彼女に会いに行った……」サムは、しぶしぶ答えた。額からどっと汗が噴き出した。

「女の方から会いたいと言ってきたんだ」

「じゃあ、彼は今、ドナのところなのか?」ウォラー・シニアが訊いた。

サムはうなずいた。「タクシーから楽譜を回収して、それから、おれたちはミスター・パレオロゴスのところへ行ったが不在だった。おれたちがここに戻ってきたら、ドナから伝言が届いてたんだ。それでジョニーが彼女と話をしに行った。もう、戻ってきてもいい頃だ。さもなきゃ……」

「彼が、六万五千ドルを受け取りにミスター・パレオロゴスのところへ戻っていないとしたら」ウォラー・シニアが言った。「ターク警部補、わたしはめったに腹をたてる人間ではないが、息子を亡くしたんだ。息子は、短い人生のうちで幸せだったことはほとんどなかったが、ソングライターとして成功することをなにより望んでいた。そのために懸命に働き、やっと成功しようという矢先、騙されて殺された」

「おいおい」サムが言った。「あんたは、おれが彼の曲を盗んで、殺したとでも言うのか!」

「思い当たる節があるなら、いいかげん認めるんだな」

「あんたの息子を殺したのはニック・コンドルだ!」サムが大声を出した。「言ってやってくれよ、警部補」

ウォラー・シニアは警部補のほうを向いた。「そのニック・コンドルというのは誰なんです？」

「爆発事故で頭のネジがおかしくなった化学者ですよ。相手がギャングだろうが誰だろうが、金を積まれれば、酸や化学薬品、爆発物を作ってやるような奴です。自ら実行犯になることもある」

「そこまでわかってるのなら、なぜ、そいつは逮捕されないんです？」

「今日の午後、逮捕しましたが、奴の弁護士が人身保護令状を持って現れ、それ以上、拘束することができなくなったのです。現在、釈放されて、アリバイを固めつつあります」

「つまり――その男は逮捕されないということですか」

警部補は首を振った。「以前にも逮捕されていますが、脅迫でもされたのか、奴の息のかかった証人が現れて、アリバイを証言したんです。昨日、息子さんが殺されたとき、現場にはほかに四人の人間がいました。ひとりは殺され、もうひとりは恐れをなして逃げ出しました。息子さんが毒を盛られたとき、コンドルが現場にいたと証言できるのはフレッチャーとクラッグのふたりだけです。裁判になった場合、このふたりが、昨日のコンドルのアリバイを偽証する少なくとも四人の証人と対決することになります」

ウォラー・シニアは警部補をじっと見た。「それが、ニューヨークのやり方なのですか？」

「そんなことはありません、ミスター・ウォラー。非常にまれなケースというだけです。それに、コンドルが今回もまんまと逃げおおせることができるかどうかはわかりません。これは殺人であり、ニューヨーク市警はニック・コンドルを有罪にするために最善を尽くすつもりです。まだ、終わってはいませんよ。ひとつには、誰かがコンドルを雇って、殺しをやらせたことがわかっていることです。その誰かを捕えますよ、ミスター・ウォラー。そのときは、その黒幕はニック・コンドル共々、法に従った罰を受けることになるでしょう」

ウォラー・シニアはサムに目を据えた。「誰かが、そのコンドルとやらを雇ったと言うのか？　息子の死によって利益を得る誰かが？」

「おれをそんな目で見ないでくれ」サムが言った。

「六万五千ドルは大金だ。それ以下の金額でも人が殺されることはある」

「違います、ミスター・ウォラー」警部補がとっさに言った。「コンドルを雇ったのは、クラッグやフレッチャーではありません。わたしはこのふたりを徹底的に調べました。このクラッグが息子さんから曲を勝ち取ったのは確かですが」

「四十ドルで？」

「クラップスで熱くなっているとき、人は予想外のことをするものです。それに、誰かが本当に息子さんの曲に六万五千ドル出すと申し出たのかどうかはわかりません。今日初めて、聞いた話ですからね」

「あまりにもタイムリーな申し出だと言わざるをえませんな」ウォラー・シニアは苦々しく言った。

「クラッグのためにもうひとつ言わせてもらうと」警部補が続けた。「彼は曲を手に入れたときに、それほどの価値があることはまったく知りませんでした。こんなことは言いたくないが、息子さんは飲んでいた。気が大きくなって……」

「酒が入っていた」ウォラー・シニアがぼんやりと言った。「酔っぱらっていた人間の言動はいいかげんだとでも言うんですか？」

「気の毒だが、ミスター・ウォラー。息子さんの死は、あなた個人にとっての悲劇です。だが、公正な立場で言うなら、他人にとっては――」

ウォラー・シニアが立ち上がったので、警部補は言葉を切った。ウォラー・シニアは、体をこわばらせたまま食堂から出て行った。その姿を見送りながら、警部補は首を振った。

「ありがとう、警部補」サムが言った。「おれを弁護してくれて」

「この頃、父と同じように配管工になればよかったと思う日があるよ」警部補は立ち上がると、ウォラー・シニアに続いて食堂を出て行った。

そのとき、ウェイターがサムの注文した料理を運んできた。サムはしばらく、ただ料理を突つきまわすばかりだったが、結局は食欲には勝てず、いつものように貪り食った。

第二十四章

サムがアップルパイとチーズをたいらげた頃、ジョニーが食堂に入ってきた。

「デートはどうしたんだ？」サムが訊いた。

「デートじゃないよ」ジョニーが答えた。「悪いニュースだ」

「おれのほうもそうだ。ウィリー・ウォラーの父親とターク警部補と、ハードな時間を過ごしたばかりだよ。父親から、おれが息子の曲を盗んで殺したんだろうと責められた。あんな六万五千ドルなんて、いまいましいだけだ」

「六万五千ドルはおじゃんになるかもしれないぜ」とジョニー。「ドナから悪い知らせを聞いたよ。彼女にすべてを遺すと書かれたウィリーの遺書を持ち出してきたんだ」

「なんだって？　いったい、どうしてそんなことができる？」

「まったくそのとおりだが、問題はウィリーがその遺書を書いたとき、まだ《アップル・タフィ》が彼のものだったのか、それとも、すでにおまえに譲った後だったのか、ということなんだよ。遺書の日付は昨日になっていたが、時間まではわからないんだ」

サムは顔をしかめた。「つまり、またおれたちの目の前から大枚がかっさらわれるかもしれないってことか？　やっぱり、あまりにおいしい話は嘘くさいからなあ」

「おれは諦めないぞ、サム。かわいい顔してドナが牙をむき始めたが、彼女自身は、まだその牙を本気で使うには至っていない。おれの勘では、彼女は誰かに利用されていると思う」

「パレ……なんとかか?」

「わからない。彼はデイジー・レコードやランガー出版の株を所有している。アル・ドネリーがウィリー・ウォラーの曲を盗作して、《アイ・ラブ・ロリポップ》として売り出したのは明らかだ。だが、誰が盗作された曲に金を払う? 盗作した奴か? それで大儲けできる奴か? それなら、ランガー出版やデイジー・レコードという可能性もある。あるいは、パレオロゴスかも」

「おれが法律についてどんなにチンプンカンプンか知ってるはずだぜ、ジョニー。どうやら、全員が償いをするべきだとおれには思えるが」

「パレオロゴスは自ら進んで金を払おうとしている。最初からずっと、金を払うつもりでいる。それなら、どうして彼がウィリー・ウォラーを殺さなくてはならない?」

サムは眉をひそめた。「パレオロゴスがニック・コンドルを雇ったのでは?」

「その可能性もある。アル・ドネリーも……あるいは、ドナ・ドワイヤーもそうだ。彼女の持っている遺書が有効なら、ドネリーやパレオロゴスはもう彼女の言いなりだ」

「有効でなかったら、こっちの思う壺だ」

「ただし、おれたちはパレオロゴスの言い値で決着をつけたいと思っている」

エディー・ミラーが食堂に入ってきた。「ミスター・フレッチャーに電話ですよ」エディーはジョニーの姿を認めると、近づいてきた。「電話です、ミスター・フレッチャー」

ジョニーは驚いたが、立ち上がってエディーの後についてフロントへ向かい、デスクの電話を取った。

「ジョニー・フレッチャーだ」

「ミスター・フレッチャー」滑らかな女性の声が聞こえてきた。「ミス・ドナ・ドワイヤーに頼まれて電話しているの。最後のショーが終わった後で、ささやかな夕食をしたいから、アパートに来て欲しいということよ」

「時間は？」

「一時がいいわ」電話は切れた。ジョニーは受話器を戻した。

サムがやってきた。

「ドナ・ドワイヤーはコロコロ気分が変わる女だな。今度は、彼女のアパートで真夜中の軽食をご一緒にだとさ」ジョニーは言った。

「おいおい」サムが声をあげた。「もし、彼女がコンドルの雇い主なら、おれだったら、彼女が出す料理は一口も食べないぞ。毒が入ってるかもしれないからな」

「やめろよ、サム。おれだって、それくらいは想像がつくさ」

「タークがここへ来たのも、それが理由だ」サムが言った。「おれたちに、ニック・コンドルのことを警告するためだよ。〈ソーダスト・トレイル〉のバーテンは町からトンズラした。コンドルを名指しできるのは、おれとおまえだけしか残っていないからな」

「おまえとおれと、それから、奴を雇ってウォラーを殺させた奴だよ、サム」

サムは顔を歪めた。「タークはそのことも言っていた」

ジョニーは考え込んだ。「どうして、夜中の一時まで待たなくてはならない？〈八十八クラブ〉なら、ショーの合間にドナと話すことができる」

「おまえと一緒に行くよ」サムが申し出たが、少しひるんだ。「ニック・コンドルがうろつきまわっているんだ。奴にはおれたちの住処《すみか》がばれている。ここにいたくない」

ふたりはタクシーをひろって、〈八十八クラブ〉まで行った。昨夜よりも混んでいた。音楽が鳴り響き、狭いダンスフロアはビート族の若者やらなんやらでいっぱいだった。

バーにも二、三人並んでいたが、ヴォーン・ヴァン・デア・ハイデの泳ぐような目が、店に入ってきたジョニーたちの姿をとらえた。

「ミスター・フレッチャー、ダーリン、なんて奇遇なの？　それに、一見《いちげん》さんも。ミスター・スパッグね！」

「クラッグ」サムが訂正した。

「クラッグ……なに？」

「ただのクラッグだ。サム・クラッグ。C、r、a、g、g……」

ヴォーンは、オペラグラスでサムの胸をたたいた。「あなたもジョニーと同じくらいおもしろいのね。それに、強そう」そして、サムの左二頭筋をつかんだ。「強い男って大好き。ウェイター——例のグリーンのを三つお願い」

「割り勘《ダッチ》だぞ」ジョニーがすかさず言った。

「あら、オランダ《ダッチ》のお酒じゃないわ」ヴォーンが言った。「南国のお酒よ。カリブとか、あそこらへんの」

「割り勘にしようと言ったんだ」ジョニーが釘を刺した。「男は皆、自分で払う」

「またまた、おかしなことを。男は皆、払ってくれるものよ」ヴォーンはコロコロと笑った。

「気をつけろよ、サム。このグリーンの飲み物は、一杯二ドル二十セントもするんだ。バーテンの腕をねじあげないと、釣り銭はそいつの懐行きだ。おれは裏へ行ってドナと話してくる。おい、ちゃんと警告したからな」

「いったい、なんの話をしているの？」ヴォーンが言った。「ジョニー、どこへ行くのよ？」

「おれなら、なんとかなるさ」サムが楽しそうに言った。「おれの筋肉をもっと感じたくないか？　おれもあんたの……」

ジョニーはダンスフロアを強行突破して、奥の楽屋へ向かった。ドナの部屋を見つけると、ドアをノックした。

「はい？」ドナの声がした。

ジョニーはドアを開けようとしたが、鍵がかかっていた。「ジョニー・フレッチャーだ」

沈黙があった。「なんの用？」

「あんたの招待を受けた」ジョニーは答えた。「夜中の一時でなくても、今、話せるだろう」

「いったい、なんのこと？」ドナが言い返した。

「あんたに頼まれたというお友だちが、おれのホテルに電話してきて、夜中の一時にあんたのアパートでおれと食事をしたがっていると言っていると……」

中から錠がはずされ、ドナがわずかにドアを開けた。「あなた、すっかり騙されたんじゃないの？」

「あんたは誰にも頼んでいないと？」

「あたしがそんなことするわけないのは、よくわかっているでしょ」

ジョニーはドアを押し開けようとしたが、ドナは抵抗した。「やめてよ。裸なのよ……」

だが、ドナはしっかり服を着ていた。ジョニーはドアを押す力をいったん緩め、一気に開け放った。

ドナは思わず後ずさりした。

部屋の奥に、アル・ドネリーがいた。「嫌がられてるのに無理に押し入ろうとしたら、唇が腫れあがることになるぞ」

「やってみろよ」ジョニーが煽った。「おれの唇を腫らしてみろ」

ドネリーがジョニーのほうに一歩踏み出したが、手出しするのは考え直した。代わりにドナがジョニーを言葉で攻撃してきた。

「今日の午後、あなたの立ち場については話したはずよ。あたしの考えは変わらないわ」

「だろうな。あんたは、ウィリーの曲を盗んだ男とすっごく仲良しみたいだから」

「よく言うぜ、フレッチャー」ドネリーがぴしゃりと言った。「それなら、おまえを悪意ある名誉棄損で訴えてやる」

「誰を訴えるって？　おれとミスター・パレオロゴス両方か？」

「おれの《ロリポップ》が盗作だと、彼が言ってるのか？」ドネリーがかみついた。

ジョニーはドナを指さした。「彼女に訊いてみろよ。彼女はパレオロゴスと取引しているんだからな」

ドナが大声を出した。「ここから出て行って、フレッチャー。これ以上、我慢ならない」

「おれもそう思ったところだよ」ジョニーが言った。「あんたの大金の横取りの仕方も。あんたとアル・ドネリーにも。アルは若いソングライターから曲を盗んで……」

「出て行ってと言っているでしょう」ドナが金切声をあげた。

「ちょっと待て」ドネリーが割って入った。「続けろよ、フレッチャー。はっきりさせようぜ」

「望むところだ。アルはあの曲を盗んで、ランガー出版社とデイジー・レコードへ持ち込み、世に出した。曲はヒットしたが、アルに曲を盗まれた憐れな男が騒ぎ出した。アルではなく、出版社とレコード会社に対して五十万ドルの訴訟を起こそうとしていた。アルにはそんな金はないからだ。だが、会社側は自分たちが謀られたことを知り、金を支払わなくてはならないことがわかっていた。そこでまず、会社側はアルの化けの皮を剝がそうとした。それで、アルは真のソングライターを消そうとした……」

「見事なワイドショー的筋書きだな」ドネリーが言った。「それでどうした？　おれがウォラーを殺して、それからどうなった？」

「ところがウォラーは酔っぱらったあげく、クラップスで負けてオリジナル曲を手放し、それがアルにとっての誤算になった。アルはそんなことは知る由もなかったが、とにかく、ニック・コンドルに殺しをやめさせるには遅すぎた」

「ニック・コンドルだって？　どこから奴が出てくるんだ？」

「奴はいつでも出たり消えたりしてるさ。後でまた出てくるぞ。ええと、どこまで話したっけ？　ウォラーが曲を譲り渡したのはふたりの賢い男たちだった。今度はそいつらがアルを窮地に陥れようとし始めたってわけだ。で、アルは今度は、ウィリーの元カノと結託して、ふたりでいんちき遺書をでっちあげたって寸法だ……」

「いんちきですって、ばっかばかしい！」ドナが叫んだ。

「偽の遺書だよ」ジョニーがきっぱりと繰り返した。「それで、ドナは五万ドルゲットする。それは、デイジー・レコードやランガー出版が、アル・ドネリーから得られると期待できる以上の金額だ。ドネリーとドナ、このふたりはいいコンビじゃないか。まんまとうまくいけば、数千ドルが待つ家に帰れるのだから」

「それで終わりか？」ドネリーが口を開いた。「いやあ、気に入ったね。すばらしいシナリオだよ。だが、ひとつだけ間違っている。ほんの些細なことだがな。おれは、《ロリポップ》をウォラーから盗んだりしていない。あいつのほうが、《ロリポップ》を盗作して、《アップル・タフィ》を作ったのさ。調べてみろよ、青二才。おれは、《ロリポップ》を今年の三月十二日に、米国作曲家作詞家出版者協会《ASCAP》に登録した。三ヶ月前のことだ。ウォラーが《アップル・タフィ》をひっさげて現れたのは数週間前のことだ。そのときはもうすでに、《ロリポップ》は世に出ていた」

ドネリーはジョニー向かって勝ち誇ったような笑みを見せた。ジョニーは急にミズーリのラバに腹を蹴り飛ばされたような気分になった。

ドネリーはジョニーの狼狽ぶりを見て、意地悪く笑った。

「よくあることさ、お利口さん、いつでもな。おまえもだぞ、ドナ。手に入れられるうちに手に入れて、あとは逃げるが勝ちなのさ。じゃあな、あばよ！」

ドネリーはドナに敬礼の真似事をして、ジョニーにウィンクすると楽屋を出て行った。

「あなたって、まったくの大ぼら吹きだわ」ドナがジョニーにくってかかった。

「六万五千ドルの半分のほうが、ゼロよりましじゃないのか」ジョニーが言った。

ドナはクリームやコロンのビンが並ぶ、化粧台のほうへ向かった。ジョニーは急に、サムはどうしただろうかと思い出した。
サムはバーでヴォーンの腕を肩にからませて、しっぽりとくつろいでいた。

第二十五章

　サムの前にはグリーン・サラマンダーのグラスが置かれていて、ヴォーンが自分のグラスに残った酒をちょうど飲み干したところだった。

　サムはジョニーのほうを見て、おずおずとした笑みを見せた。「なあ、このグリーンのやつはなかなかいけるぞ。サラマンダーって、大昔からいるちっぽけなワニだって知ってたか?」

「今度は三つお願い」ヴォーンがバーテンに声をかけた。

「ひとつでいい」ジョニーが言った。「おれたちは帰るぞ。さあ、行こう、サム」

「おいおい、まだ飲み始めたばかりなんだよ」サムが抵抗した。「おれと彼女は河岸を変えるつもりなんだ」

「楽しい店にね」ヴォーンが言った。「あなたも行きましょうよ。女の子がたくさんいるわよ。彼女たちに面白い話を聞かせてあげてよ」

「今、あんたにおもしろい話をひとつしてやるよ」とジョニー。「サムはこの飲《の》み代《しろ》を払える金を持っていない。おれもしかりだ。ハハハ、ホホーッ」

「ひとりで笑ってれば。心配事はそれだけ?」ヴォーンはサムの肩から腕を下ろすと、その手をドレスの胸元に突っ込んで、折りたたんだ薄いグリーンの包みを取り出した。「ほら、取っておいて。あたしのへそくりよ。いつか返して」

隅に人物が描かれているのが見えた。ジョニーがそれを開いてみると紙幣が二枚。しかもそれぞれ百ドル札だった。

「ぶったまげたぜ!」サムがあえいだ。「あんたが貯め込んだのか?」

ヴォーンは肩をすくめた。「そうよ、お金さえあればね。あたし、わくわく感が足りないの。笑いが好きなのに。うんと笑えることがね」

「まさに思わず笑いがもれる金だな。あんたのおかげで笑顔になれるよ、ベイビー」とサム。

「笑うのはまたの機会にしよう」ジョニーが言った。「おれたちは急いで帰らなきゃならない」

「彼も帰っちゃうの?」ヴォーンが訊いた。

「彼は、いられるよ」ジョニーが答えた。「だけど、彼は暗い夜道をひとりぼっちで家に帰りたくないと思うよ」

「やだ、それっておかしくない?」ヴォーンが言った。

「いや」とサム。「ジョニーはいいとこ突いている。明日、また会おうぜ、ベイビー」

「どこで?」

「ここで。同じ時間に同じ席で」

サムはドアのところでジョニーに追いついた。「やるな、ジョニー。おれたちは相性抜群のコンビだぜ」

「おまえは明日にはもっと意気投合するんだろう」ジョニーが皮肉っぽく言った。「彼女があのグリーンのトカゲを奢ってくれたらな」

「トカゲ？　サラマンダーだぞ」

「同じことだよ。あの酒はトカゲから作られてるんだと思うぞ」

サムが息をのんだ。

ジョニーは待機していたタクシーのドアを開けた。「〈四十五丁目ホテル〉へ。交通整理の堅物警官《おまわり》なんか気にせず、大急ぎでやってくれ」

サムがドアを閉めないうちにタクシーは走り出した。「なんで、そんなに急いでいるんだ？」

「誰かに言われたことを思い出したんだよ」ジョニーが言った。

「いいことだといいがな」とサム。「ニック・コンドルが自分の爆弾セットで自分を吹っ飛ばしたとか」

「とんでもなく図星に近いぜ、サム」

「へっ？　おれがなんて言ったって？」

「待て」

ジョニーは座席に座ったまま前屈みになり、目を細めて集中した。しばらくして、ポケットから《アップル・タフィ》の楽譜を取り出すと、上にかざしたりしてそれを丹念に見た。車が眩い光を放つ店の前を通過すると、一瞬、車内が明るくなった。

「この数日ですいぶんと傷んじまったな」ジョニーが言った。

サムはなにも言わなかった。ジョニーのことはよくわかっている。だから、彼の態度から、自分たちのためになることをなにやら企んでいることがわかった。

ふたりは、〈四十五丁目ホテル〉に到着し、エレベーターに乗り込んだ。

「四階だ」ジョニーが言った。

「八階だろう」サムが訂正した。

「いや、四階でいいんだ」

エレベーターが四階で止まり、ジョニーは迷わず四一二号室へ向かった。部屋から明かりがもれていた。ジョニーはノックした。

ウィリアム・ウォラー・シニアがドアを開けた。その顔に歓迎の色は見えなかったが、ジョニーたちを部屋に入れた。

「今日の午後、あなたは言っていましたよね、ミスター・ウォラー」ジョニーがいきなり切り出した。

「ウィリーはいつも、自分の曲のコピーをお母さんに送っていたと」

「そのとおりだ。彼女はわたし以上に曲を理解していなかったが、そのことは息子には言わなかった。封筒を開けもしないこともあった。これはヒット間違いなしの曲だと手紙に書いてあってもね」

「もう一度、言ってください、ミスター・ウォラー。ウォリーは、お母さんにすぐに封筒を開けてもらいたくなかったのですか?」

「ああ、そうだ。なんといったかな、わたしにはよくわからんが、封印された封筒に押されている消印の日付が、盗……盗なんとかから、自分を守ってくれるとかなんとか……」

「盗作ですか?」

「そんなようなことだ」

「ミスター・ウォラー、ミセス・ウォラーに電話をしてもらえませんか?」

「今すぐかね? 彼女はアイオワに……」

「電話は一分でつながります。知りたいことがあるんです。あなたの奥さんが《アップル・タフィ》の楽譜をいつ受け取ったのか……もし、まだその封筒をそのままお持ちなら……」

ウォラー・シニアはためらった。「いったい、どういうことだ？　それが、あの、ニック・コンドルとやらを逮捕するのに役に立つのか？」

「その可能性はあります。電話代は八二一号室につけてください」

「いや、自分で払うよ」ウォラー・シニアはそう言うと受話器を取った。「交換台、アイオワ州ウェイバリーへ頼む。番号は一三五七R二だ——そう——ウォーター・ルー近くの」そして、通話口を手で覆うと言った。「妻はぐっすり眠っている時間だよ」

「時差は二時間。まだ、アイオワは九時半ですよ」ジョニーが言った。

ウォラー・シニアは受話器に向かって話し始めた。「そう、こちらはミスター・ウォラーだ」そして続けた。「ルーシー？　そうだよ。今、ニューヨークから電話しているんだが、ウィルについてのことなんだ。あの子はいつも自分の作った曲を家に送ってきていただろう？　なにか来ていないかな？《アップル・タフィ》というタイトルの曲はないか？　このまま待っているから、探してくれないか」

また、通話口をふさいだ。「妻はいつも、息子のものは自分のドレッサーに入れておくんだ。わたしがニューヨークに向かったときも、手紙を読み返していた——そうだよ、ルーシー、それはまだ、開封していないな？」

ジョニーが慌てて言った。「奥さんにそれを開けないでと言ってください」

「それは開けるな、ルーシー」ウォラー・シニアは、言われたとおりにした。

「裏に〝《アップル・タフィ》の楽譜〟とあるんだな……そう、今年の一月十四日……」

「それだ」ジョニーが興奮して叫んだ。

ウォラー・シニアが電話口で言った。「いや、ルーシー。そのまま保管しておくんだ。後ですべてちゃんと話す。わかっているよ……おまえは家にいればいい。ニューヨークには長居はしない。たぶん、明日か明後日には帰るよ。おやすみ、ルーシー」

ウォラー・シニアは電話を切った。「なにか役に立ったか?」

「ええ」とジョニー。「あなたはおれに言った。そいつは嘘つきだと。嘘つきで泥棒で、おそらく殺人犯だと」そして目を細めると、電話のところへ行って受話器を取った。「交換台、管轄の警察を頼む……もしもし、ターク警部補はいるか? ジョニー・フレッチャーだ。ウォラー殺害の件だ。とても重要なことをこれから三十分以内に話すと……伝えてくれ。急いで警察無線で連絡をとってくれ」

第二十六章

ジョニー、サム、そしてウォラー・シニアが、西五十九丁目でタクシーを降りたのは一時十分前だった。ビルの中に入り五階まで上がると、ターク警部補が五一二号室のドアを開けた。

「めちゃくちゃ、おかんむりだぞ」警部補が言った。「彼女は少し前に戻ってきて、入口で我々が大勢で待ちうけているのを見て、おまえのせいだと……」

「そりゃそうだろうな」ジョニーが言った。

一同が部屋の中に入ると、ドナ・ドワイヤー、アル・ドネリー、パレオロゴス、ベン・マードックと彼の秘書ミス・ヘンダーソンがいた。ドナは怒りを抑えきれずに、顔を真っ赤にしていた。

「これは、あなたのペテン劇の一幕ってわけなのね」ドナがジョニーをなじった。

「多少は役に立つだろう」とジョニー。「ターク警部補を始め、ウィリー・ウォラー殺しの下手人ニック・コンドルの雇い主まで勢ぞろいだもんな」

「嘘だわ」ドナが声を荒げた。「今晩、あたしがあなたを真夜中の夜食に誘ったなんて言って、嘘をついたようにね」

ジョニーは警部補のほうを向いた。「電話でおれになんて言ったっけ、警部補？　おれはここに招待されたのか、それとも招待されなかったんだっけ？」

「おまえのことは知らん」警部補が答えた。「だが、わたしがミスター・パレオロゴスに電話したとき、彼もまた、一時にここへ来るよう、お誘いの電話を受けたと言っていた」

部屋にいる全員の目がパレオロゴスに向けられた。ソファーに座っていた老投資家はうなずいた。

「わたしは、今日の夕方、確かにそうした内容の電話を受けましたよ。女性でしたが名乗らなかった。だが、あなたの代理で電話していると言っていましたよ、ミス・ドワイヤー」

「あんたはどうだ、アル？」ジョニーが訊いた。

ドネリーは顔をしかめた。「おれは今日の午後から家にいなかった」

「ミスター・マードックは？」

「誰からも電話など受けていない」マードックが不機嫌そうに言った。

「ミス・ヘンダーソンは？」

「実にバカげた話だわ。今頃は家で寝ているはずなのに」

「フレッチャー」警部補が言った。「どうやら、これはあんたのパーティのようだぞ。いいから、事の次第をすべて全員に話してやれ」

「客がひとり欠けてるんだ。主賓がね」

警部補が腕時計を見た。「三分以内に現れるはずだ。始めたらどうだ？」

ジョニーはためらったが、うなずいてアル・ドネリーのほうを向いた。「今日の夕方、ミス・ドワイヤーの控室で、あんたはおれに言ったな。ウィリー・ウォラーの《アップル・タフィ》はあんたから盗んだものだと。あんたは、《ロリポップ》をすでに三ヶ月前に書いていたと。そうだな？」

ドネリーはうっすら笑みを浮かべた。「証明することもできるぜ。おれは《ロリポップ》を、三月十二日にASCAPに登録したんだ」

「その日に曲を仕上げたと？」

若干の間があった。「まあ、二、三日前かな、そうだよ」

「それなら、ウィリー・ウォラーが《アップル・タフィ》を一月に登録していたと言ったら、どうする？」

「嘘だと言うだけさ。ASCAPは、ウィリー・ウォラーからなんの登録の届け出も受けていない」

「いや、登録は受理されてるぞ」ジョニーが続けた。「ウィリーは一月に《アップル・タフィ》を書いている。そして一月十四日にそれを母親に郵送している。楽譜はタイトルが書かれた未開封の封筒の中にまだ入っていて、消印もばっちりついてるぞ。さあ、あんたの番だ、アル」

「そんなこと、おれは信じないね！」

「ミスター・ウォラー？」ジョニーが促した。

ウォラー・シニアは大きくうなずいた。「わたしがアイオワの自宅に電話して確認した。ミスター・フレッチャーの言う通り……」

そのとき、ドアのブザーが鳴った。タークが急いでドアまで行って開けた。ふたりの刑事がニック・コンドルを部屋に押し込んだ。化学者の目は部屋を見回し、最後にジョニーに落ち着いた。

「今日の午後、もっと痛めつけておくべきだったな」コンドルは言った。

「それがおまえの過ちだよ、ニック」ジョニーが言った。「誰でも間違いを犯すことはあるものだが、おまえはやってはいけないときに致命的な間違いを犯した」

「昨日、おれはスケネクタディにいたんだ」コンドルが抵抗した。「証明もできるぜ」

「おまえを雇った人物がすでに白状して、おまえの名を吐いたと言ったら?」

コンドルの視線が部屋の中をさまよい、また繰り返した。「おれはスケネクタディにいたんだ」

警部補が首を振った。「おまえの番だ、フレッチャー」

「わかった」とジョニー。「問題は、アル・ドネリーがどうやって、ウィリーの楽譜を手に入れたか、ということだ。そして、一字一句一音たりとも違《たが》わずに写し取ったのか……?」

「よくぞまあ、ぬけぬけとした嘘を……フレッチャーめ」アルがかみついた。「おれはずっと長いことヒット曲を書いてきたんだ。ウィリー・ウォラーみたいな青二才の曲なんか、盗む必要ないだろう」

「確かに、何曲かはヒットしたな、アル」ジョニーが認めた。「だが、それらは誰から盗んだんだ? 誰が盗んだ曲をあんたに渡した? ミスター・マードック、なにか言うことがあるんじゃないか?」

「昨日、あんたがオフィスに来た時、叩き出しておくべきだったな」ベン・マードックが怒って言った。「あんたが来たとたん、トラブルになるとわかったよ」

「ミスター・マードックは」ジョニーは部屋にいる全員に向かって言った。「ちょっとしたビジネスをやっている」そして、ポケットから新聞の切り抜きを取り出した。「彼の出した広告にはこう書いてある。〝歌詞求む。あなたの作った歌詞を送ってください。こちらで曲をつけます。高額印税がっぽり〟ってね。ミスター・マードックは、歌詞を送ってきたカモに五十ドルでも百ドルでも、彼らがとりあえず払える額を負担させる。カモが貧乏《ボンビー》なら、強力なコネがあることを話す、有名な作曲家のアル・ドネリーが歌詞に曲をつけてくれるかもとかなんとか言ってね」

「おれは他人のために作曲したことなんかないぞ」アルががなりたてた。「あくまでおれは、自分で曲や歌詞を書いている」

「マードック氏のところに送られてきた歌詞の百曲中九十九曲は、日の目をみることはない」ジョニーは続けた。「そうした曲は音楽関係の出版社やレコード会社に回されても、結局なにも起こらない。おそらく、十万曲中九万九千九百九十九曲はそういう運命なんだろう。だけど、たまぁに百回に一回あるいは、千回に一回くらい、マードック氏のオフィスにたまげるようなすごい作品が持ち込まれることがある。そうしたら、マードック氏はそんな万にひとつの逸品をどうするだろう？　彼はアル・ドネリー氏にその曲を見せる。久々に、いや、たびたびかな。ドネリー氏はこうした曲を拝借する。それは曲のアイデアかもしれないし、曲調かもしれないし、まるごとパクるかもしれない。《アップル・タフィ》みたいにね。ドネリー氏はそこらへんのコツはよぉくご存じだ。自分の曲として、ちゃっかりそれをASCAPにさっさと登録しちまう。犠牲者がいくら声を上げても後の祭り。アル・ドネリー氏は痛くも痒くもない。その地位も安泰。マードック氏も同じく。だが、ウィリーの場合は遺恨を残した。ウィリーはソングライターになるためにニューヨークに出てきた。あらゆる努力をしたが、最後はやけになってマードック氏のところへ駆け込んで、怪しげな〝手数料〟とやらを支払い、アル・ドネリー氏に助けてもらおうとした。だが、ドネリー氏は断った。ところが実際には、アルはあの曲をパクった。一切合切、すべてをね。《アップル・タフィ》を《ロリポップ》に変えただけ。そして、曲は大ヒット。だから、ウィリーはアルのところへ行き、マードック氏のところへも行った。ランガー出版やデイジー・レコードにも乗り込んだ。ウィリーは自分が《アップル・タフィ》を書いたことを証明できると訴えた。どうやってそれを証明するのか、彼がはっきり明かしたとは思えないが、それで十分だった。まずいことになった、とアルが認識するのに十分だったんだ。マードック氏もわかった。デイジー・レコードもランガー出版も、盗作訴訟になることがわかっていた。訴訟になったら、多額の損失……」

「わたしは、それは認めていないですぞ」パレオロゴスが口をはさんだ。

「あんたは認める必要はない、ミスター・パレオロゴス」ジョニーが言い返した。「とにかく、あんたは自らすすんで金を払おうとしている……だが、アル・ドネリーは違った……」

「おれが、ウィリー・ウォラーを殺させたと言っているのか？」ドネリーが叫んだ。

「あんたが《アップル・タフィ》を盗んだと言っているだけだ……」

「口から出まかせだと言っただろう」

ジョニーは胸のポケットに手を突っ込むと、《アップル・タフィ》の楽譜を取り出した。「ここに、《アップル・タフィ》の楽譜がある、ミス・ドワイヤー。ピアノでこれを弾いてくれないかな。ウィリーがこれを作曲したピアノで。ここにいる皆さん全員、《アイ・ラブ・ロリポップ》を聞いたことがあると思う。《アップル・タフィ》が一音も違《たが》わず同じ曲かどうか、聞いてもらおうじゃないか」

部屋が静まり返った。「やれよ」ニック・コンドルがふいに言った。「弾いてみろ」

ドナはためらっていた。その目は警部補をじっと見ていた。

「あなたが弾かないのなら、わたしがやろう」警部補は言った。

「なにがわかるってんだ」コンドルがバカにしたように邪悪な笑みを浮かべた。「ミュージカル警官か。いいさ、おまわりさんよ。あんたが弾けばいい。おれがトランペットで伴奏してやる」

コンドルはピアノに近づくと、その上にあったトランペットを取り上げた。ドナが声をあげた。

「そんなトランペットはどこから？」

「さあね」コンドルが言った。

「おれもトランペットを吹くが」アル・ドネリーが言った。「自分のトランペットは持ってきていない」

「誰かがここに置いて行ったんだろう」コンドルが言った。「フレッチャー、あんたは楽譜を押さえてくれ。警部補、あんたはピアノを弾き、おれがこれを吹く」

ジョニーがピアノに近寄り、《アップル・タフィ》の楽譜をスタンドに立てた。警部補はドナのほうを探るように見たが、ドナが動こうとしなかったので、ピアノに向かって腰を下ろした。中腰になって椅子を回して高さを調整し、また腰を下ろすと楽譜を見た。

コンドルは警部補の背後、楽譜が見える位置に立った。トランペットに唇を当てると、まずは試しに音を出した。「なかなかいいトランペットだな。用意はいいぞ、警部補」そして、前に出てきたドナに向かってうすら笑いを浮かべた。「歌ったらどうだい、ベイビー？」

「お金をもらわなければ、歌わないわ」ドナがぴしゃりと言った。

「さあ、弾いてくれ、警部補」コンドルが言った。「弾いて……！」

警部補が鍵盤に指を置いて弾き始めた。コンドルもトランペットを鳴らした。六音ばかり鳴らしたとき、ミス・ヘンダーソンがものすごい剣幕で声をあげながら、コンドルに向かってきて、その手からトランペットを叩き落した。

「だめよ。正気の沙汰じゃないわ」ヘンダーソンが叫んだ。「だめ！　わたしたち全員を粉々にするつもり？」

「どっちみち、同じだろう？」コンドルが言った。「電気椅子送りも、木っ端みじんも」そして、身を屈めて、床に落ちたトランペットを拾おうと手を伸ばした。

「サム！」ジョニーが叫んだ。

サムが走ってきて、コンドルに体当たりした。膝上あたりにタックルすると、ふたり一緒に床に倒れ込んだ。気がふれた化学者は、サムの体の下から逃れようと必死になり、片手を伸ばしてトランペットをつかもうとした。

「そいつにトランペットを吹かせちゃだめだ」ジョニーが突然言った。

サムは手の甲でコンドルの顔に一発くらわせ、拳を作ってもう一度殴ろうとした。だが、コンドルは最初の一撃で伸びてしまった。

ジョニーが身を屈めてトランペットを拾った。そして、ピアノのほうを向くと、立てかけてある楽譜を指し示した。「この音符はなんだ、警部補？」ジョニーは二番目の小節のひとつの音符をさしながら訊いた。「いったん消されて、その上に書き直されてないか？」

「高音部のGシャープだ」と警部補。

ジョニーは唇から少し離したところにトランペットを構えると静かに言った。「高音部のGシャープを吹こうか、ミス・ヘンダーソン？」

「だめよ！」ヘンダーソンが叫んだ。

警部補には、それですべてがわかった。椅子を後ろに蹴とばして立ち上がると、ピアノの蓋を素早く開け、中をのぞいた。「ユニーダビスケットの箱がある」

「コンドルが高音部のGシャープを吹いたら、ドカンといくようになっている爆発物を仕掛けていたんだ」ジョニーが言った。「だから、今夜、おれたちがここに集められた。この楽譜で《アップル・

タフィ》を演奏するために」

警部補が慎重にピアノの蓋を閉めた。「全員、できるだけすみやかに静かにこの部屋から出るのをお勧めするね。これは、爆弾処理班の仕事だ。フラナガン、コンドルに手錠をかけろ。それから……」そして、ヘンダーソンのほうを向いた。「あなたとドネリーは、この件の共犯……」

「おれは違う」ドネリーが抵抗した。「おれは、この件にはなにも関係ない」

「そうよ」ヘンダーソンが憎々し気に言った。「あなたがやったことは、わたしが渡した曲を自分のものにしたこと。わたしはあなたのために曲を盗まなくてはならなかった。あなたのためにめぼしい曲を見つけてきて、あなたのためにそれを盗まなくてはならなかった。あなたにはお金が入る。そう、確かにわたしにも払ってくれたわね。そして丸め込むような台詞《せりふ》も。近いうちに結婚する、とかなんとかうまいこと言いながら……。近いうちですって！　お金がなかったから、わたしはどうしてもやらなくてはならなかった。やむにやまれずにね。確かに殺したのはあなたじゃない。でも、あなたは最初から大黒幕だったのよ、アル・ドネリー。もうどうでもいいわ。アル・ドネリー、地獄へ落ちるといい！」

第二十七章

パレオロゴスのベントレーが〈四十五丁目ホテル〉正面のレッドゾーンに停まっていた。運転手は車の中にいたが、パレオロゴス自身はホテルの八二一号室にいて、上座に座っていた。向かいの席にはウォラー・シニア、それぞれのベッドの端っこにジョニーとサムがいる。

パレオロゴスは六万五千ドルの小切手にサインして、ボールペンをしまった。そして、小切手をサムのほうへ押しやった。「あなたにこの小切手を渡すのは嬉しい限りですよ、ミスター・クラッグ」

「おれもこれを受け取るのが嬉しいね、ミスター・パルガス」サムが言った。

「サム」ジョニーが言った。「裏に署名するんだ」

「銀行に行くまで待ったほうが安全じゃないか？　途中でなくすかもしれないし、それに……」

「どこの銀行にもいかないよ、サム」とジョニー。

「十分以内に行くつもりさ！」

「いや、行かないんだ。いいから小切手の裏に署名するんだ」

サムはジョニーを見た。そして、パレオロゴスに渡されたボールペンを受け取り、ナイトテーブルの上で小切手にサインした。ジョニーがその小切手を受け取り、ベッドの向こうへ回ると、それをウォラー・シニアに渡した。

「これは、あんたのものだ。ミスター・ウォラー」

「げっ、冗談だろ」サムがうめいた。

「いや、そうだよ」ジョニーが言った。「おれたちができる、せめてものことだ。ウィリーはこの金のために必死に働いたんだ。死ぬほどね」

「おれたちだって、過労死しそうなくらい働いたぜ、ジョニー」

「サム」ジョニーが優しく諭した。「おまえとおれが六万五千ドル持ってたって、どうするんだ？」

小切手をじっと見つめていたウォラー・シニアが顔を上げた。「わたしがこれをもらうのは気が引ける。とくに、あんたたちに昨夜、あんなことを言った後では……」

「あんたの言ったことは正しかった、ミスター・ウォラー」ジョニーが言った。「金を受け取って、アイオワに帰るといい。そして、息子さんのことを忘れないことだ」

「このうち、いくらかでもあんたたちが受け取るべきだ」ウォラー・シニアは食い下がった。「せめて半分でも……」ジョニーは首を振った。「五千ドルなら……？」

「じゃあ、こうしよう、ミスター・ウォラー」とジョニー。「ウィリーがもし、あのとき金を持っていたら、あの曲を差し出す代わりに、サムと張り合って賭けたはずの金額をもらえますか。つまり、四十ドルを」

「四十ドルだって！　冗談じゃない……」

「ミスター・フレッチャー」パレオロゴスが穏やかに言った。「あなたは紳士ですな。ああ、わたしはそれほど紳士だったことはこれまで一度もない。ただのビジネスマンだから」

「ピーボディだってそうだよ」サムはほとんど半泣きになっていた。「奴は血も涙もないビジネスマンだから、また家賃のことでおれたちを追い回すんだろうな。たぶん、今日も……」

ジョニーが言った。「家賃のことで彼に悩まされるかもしれないが、それなら、またおれが彼から二十ドルふんだくってやるさ」

それから二日後、まさにジョニーが言ったとおりになった。

訳者あとがき

ついに完結！　フランク・グルーバーの〈ジョニー&サム〉シリーズ第十四作目、最後の長編をお送りします。

今回、ジョニーとサムが巻き込まれる騒動は音楽絡み。サムが参加したクラップスゲームの相手は、芽が出ず金に困っている売れないシンガーソングライター。ついに掛け金すら払えなくなると、メガヒット間違いなしと太鼓判を押す自作の曲を賭けることに。ゲームに勝ったサムがその楽譜を手に入れるのですが、数時間後、その文無しソングライターは殺されてしまいます。たまたまその場に居合わせたことから、ジョニーとサムは例のごとく事件に首を突っ込んでいくことになるわけですが、どうやらこの事件にはサムが手に入れた被害者の曲が関係しているらしく、怪しげな人物が次々と登場してきて、ふたりは否応なくトラブルに巻き込まれていきます。

ああ言えばこう言う、ジョニーの人を食ったような減らず口も相変わらずで、サムとのボケとツッコミをかましたやりとりも絶好調。頭の回転が速いジョニーの爽快さ、腕っぷしは強いくせにちょっぴりビビりでもあるサムの意外なかわいらしさも随所に感じられ、大立ち回りあり、ピンチありで、今回も充分に笑わせてくれます。中でも、ふたりの天敵であるホテルの支配人を出し抜くジョニーの悪知恵ぶりは溜飲が下がるほどで、まわりの従業員がそれを密かに喝采する様子もぜひともお見逃しなく。

さらに、ラストシーンでのジョニーの粋な計らい、そしてサムの潔さにほろりとさせられます。いつもはペテンまがいのことをしれっと行い、やりたい放題に見えるジョニーたちは、やはりこのシリーズの愛すべきキャラクターであることがよくわかります。人が持っている本来の正義感や善意が感じられ、胸が温かくなることでしょう。

ここで、日本ではあまりなじみのないクラップスゲームについて少し。簡単に言うと、ふたつのサイコロの出目を当てるゲームで、プレイヤーのひとりがサイコロを投げるシューター役をつとめ、テーブル上のパスラインといわれる枠の中に掛け金を置いていき、七の目が出るまでゲームを続けるというものです。初心者でも簡単にできるゲームですが、賭け方にさまざまなバリエーションがあって、カジノの上級者にも人気があるようです。

なお、作中には現在では差別と受け取られそうな用語も多少出てきますが、作品が書かれた一九六〇年代という時代背景を再現するため、あえてそのままにしていますこと、ご了承ください。また、ストーリーの中で少々、唐突で突っ込みを入れたくなるような矛盾点も見受けられることがありますが、原文を尊重し、そのまま訳しました。細かい点には目をつぶっていただき、ジョニーとサムのドタバタ奮闘ぶりを中心に楽しんでいただけたらと思います。

最後になりましたが、本シリーズの魅力を熱く語ってくださり、翻訳のチャンスを与えてくださった、故・仁賀克雄先生に心から感謝致します。無事、全作の翻訳を締めくくることができたことに感無量の反面、直接ご報告できないことが残念でなりません。

〔著者〕
フランク・グルーバー
1904年、アメリカ、ミネソタ州生まれ。別名義にチャールズ・K・ボストン、ジョン・K・ヴェダー、スティーヴン・エイカー。新聞配達をしながら、作家になることを志して勉学に勤しむ。16歳で陸軍へ入隊するが一年後に除隊し、編集者に転身するも不況のため失職。パルプ雑誌へ冒険小説やウェスタン小説を寄稿するうちに売れっ子作家となり、初の長編作品 "Peace Marshal"（1939）は大ベストセラーになった。1942年からハリウッドに居を移し、映画の脚本も執筆している。1969年死去。

〔訳者〕
三浦玲子（みうら・れいこ）
翻訳家。訳書にE・H・ヘロン『フラックスマン・ロウの心霊探究』（書苑新社）、オーガスト・ダーレス編『漆黒の霊魂』（論創社）、スチュアート・パーマー『五枚目のエース』（原書房）、ジョナサン・サントロファー『赤と黒の肖像』（早川書房）、J・M・ライマー&T・P・プレスト『吸血鬼ヴァーニー』（共訳。国書刊行会）、仁賀克雄編『吸血鬼伝説』（共訳。原書房）他。

ソングライターの秘密《ひみつ》
——論創海外ミステリ　320

2024年7月20日　初版第1刷印刷
2024年7月30日　初版第1刷発行

著　者　フランク・グルーバー
訳　者　三浦玲子
装　丁　奥定泰之
発行人　森下紀夫
発行所　論 創 社

〒101-0051 東京都千代田区神田神保町2-23 北井ビル
TEL:03-3264-5254　FAX:03-3264-5232　振替口座 00160-1-155266
WEB:https://www.ronso.co.jp

組版　加藤靖司
印刷・製本　中央精版印刷

ISBN978-4-8460-2398-0
落丁・乱丁本はお取り替えいたします